Aus dem Archiv der Universität Thurikon

3. Band: Die Schüler des Professor Grebenschtschikow

von A. M. Berger

A. M. Berger

Aus dem Archiv der Universität Thurikon

3. Band: Die Schüler des Professor Grebenschtschikow

© 2024 A. M. Berger

Verlag: BoD • Books on Demand GmbH, In de Tarpen 42,

22848 Norderstedt

Druck: Libri Plureos GmbH, Friedensallee 273, 22763 Hamburg

ISBN: 978-3-7597-2374-1

INHALTSVERZEICHNIS

VORWORT..1

DER ALMANACH...4

HINTER DEM EISWALL...35

FEUERTEUFEL...60

DAS EINSAME SCHIFF..80

AUF DER SPUR DER SKRIBENTEN.............................95

DIE BESTIEN IM BERG...125

VOM KULT DES ENLIL...147

VORWORT

Eine bedrückende Tatsache der modernen Welt ist, dass die grossen Fortschritte, welche der Mensch in Wissenschaft und Technik getätigt hat, und welchen man in der Hoffnung auf die Antworten zu den wesentlichsten Fragen von Existenz und Realität nacheiferte, schlussendlich anstatt zu diesen Antworten nunmehr zu viel zahlreicheren und komplexeren Fragen geführt haben. Die Tragik der Moderne ist es, dass man sich bei der Bestrebung, aus der Unwissenheit zu entkommen, wie man sich aus einem Treibsand zu befreien versucht, schlussendlich nur noch tiefer darin versinkt.

Die neuen Fragen, die sich dort auftun, wo man das Ende des mühseligen Weges vermutete, führen in Richtungen, die man womöglich nicht erwartet hatte, und nachdem man bereits eine derartige Distanz zurückgelegt hat, fällt es umso schwerer zu akzeptieren, dass es diesen neuen Weg zu erkunden gibt, und umso mehr möchte man auf dem gleichen Kurs beharren, gleichwohl mehr als derjenige, der erst neu dieser Unternehmung zugestossen wäre. So liegt eine Stärke im Unwissen, nämlich das Potenzial, nicht von den bisherigen Erkenntnissen voreingenommen zu sein.

Es ist nicht selten, dass wenn ein Weg lang und beschwerlich ist, man alsbald vergessen hat, weshalb man sich überhaupt auf diesen Weg gemacht hat, und welches Ziel man ursprünglich verfolgte. Und so mag die Suche nach neuem Wissen einstmals nur noch als praktische, materialistische Auslegung verstanden werden, wodurch sie in das enge Korsett der Suche nach dem bekannten Unbekannten gezwängt sah. Die bequemste aller Positionen, welche sich zugleich der Gewinnung neuer Erkenntnisse verschrieben meint, jedoch ohne den ausgemachten Pfad jemals zu verlassen.

An der Universität Thurikon, unscheinbar und so oft unbeachtet, war es der exzentrische Professor Grebenschtschikow, der sich den Sinnspruch erdachte: *Cognitio pro scientia.* Wissen für das Wissen. Die Wissenschaft als Selbstzweck in der Suche nach neuen Erkenntnissen, nicht bloss als Antwort auf die im Vornherein ausgedrückten Fragen, sondern auch als eine ergebnisoffene Forschung nach Fragen, von welchen man gar nicht wusste, dass man sie überhaupt stellen vermochte.

Es ist der Mut, nicht nur neue Erkenntnisse zu erfassen, sondern Ausschau zu halten nach Arten der Erkenntnis, welche man zuvor gar nicht für möglich gehalten hatte, oder gar einen neuen Rahmen der Erkenntnis zu identifizieren, den man gar nicht für möglich hielt, ja von welchem man nicht einmal die Ebene der Realität, auf welcher er existiert, erwägt hatte.

Mit dieser Auffassung als Grundlage würden die Schüler des Professor Grebenschtschikow in die Welt hinausziehen, um sich dieser Herausforderung, welche sich zwischen den tiefsten Urängsten wie auch der wesentlichsten Bedeutung des Menschseins erstreckt, zu stellen.

Hier nun weitere Geschichten aus dem Archiv der Universität Thurikon.

DER ALMANACH

1

Womöglich ist es eine evolutiv bedingte Eigenschaft, dass der Mensch sich an die mutmassliche Gewissheit seiner Erkenntnisse heftet, um nicht auf ewig dem Drang zum neuen Wissen nachzugehen, welcher ihn einstmals ins Verderben stürze. Es scheint mir durchaus unwirklich, wenn ich darauf zurückblicke, wie ich völlig unwissend in diese aberrante Situation gestolpert bin, welche ich über die Welt gebracht habe, und von welcher ich annehmen muss, dass sie unweigerlich ein grauenvolles Ende nehmen wird.

Ich selbst habe seither meinen Rückzug im Kapuzinerkloster von Rapperswil gefunden, einer der wenigen Orte, an welchen ich noch Geborgenheit finden konnte von dem Unheil, welches ich selber verursachte. Der Aussenwelt abschwören war mir infolgedessen ein Leichtes, doch da ich in Kürze das zeitliche Gelübde ablegen werde, möchte ich nun meine Erlebnisse festhalten, um sie in dieser Niederschrift endgültig abtreten zu können. Ich bete, dass mir meine Verfehlungen einstmals vergeben werden.

Es begann, als ich mit einer Tätigkeit beschäftigt war, welche wohl harmloser nicht hätte sein können, nämlich der Digitalisierung historischer Buchbänder aus dem Bestand der Stiftsbibliothek von St. Gallen. Diese edlen Werke waren zumeist schon viele hunderte Jahre alt, manches erreichte sogar ein Alter, welches über das Jahrtausend hinausging. Es brachte gleichwohl seltsame Gedanken in mir hervor, wenn ich mir versuchte vorzustellen, in welcher Welt diese Werke geschrieben worden waren, und welches zeitgeschichtliche Geschehen schon an ihnen vorbeigezogen war.

Diese stillen Zeugen der Vergangenheit hatte ich nun auf einem Tisch vor mir liegen, daneben meine Apparatur bestehend aus einem Buchständer, einigen Lampen, welches ein sanftes Licht abgaben, als dass die Seiten nicht zusätzlich beschädigt würden, einer digitalen Photokamera und einem Computer, auf welchem ich die Schnappschüsse speichern und ordnen sollte. Dieses Verfahren mit einem Buchständer und einer Photokamera war aufwendiger als mit einem handelsüblichen Scanner, doch da es sich um Bücher von hohem Alter und unschätzbarem Wert handelte, war dies die beste Möglichkeit, diesen Vorgang so schonend wie möglich anzugehen.

Ich muss, wenn auch angesichts meiner letztendlich desaströsen Situation mit etwas gemischten Gemüt, an Professor Grebenschtschikow gedenken, welcher mir anschliessend meines Studienabschlusses im Fach der Kunstgeschichte zu dieser Arbeit verholfen hatte, und mit einem Abschluss von so zweifelhaftem praktischem Nutzen wie dem Meinen war es in der Tat kein Leichtes, an eine angemessene Tätigkeit zu kommen. Doch ich gebe zu, diese Sorge war für mich von Beginn an zweitrangig gewesen, da ich meinem Studium rein aus Leidenschaft nachgegangen war und nicht, weil ich mir davon einen praktischen Nutzen erwartete.

Denn so sehr in unserer heutigen gottlosen Welt der Materialismus zum Kredo und der Reichtum zum Götzen erhoben worden ist, und jegliches Streben nach Erkenntnis und Erleuchtung lediglich in Funktion des materiellen Ertrages gesehen wird, welchen es erzeugen könnte, so führe ich wohl die Seele eines altmodischen Romantikers in mir, welcher den geistigen Reichtum doch noch höher wertet als den Materiellen.

Und so störte ich mich auch nicht im Geringsten an der wahrlich dürftigen Entlohnung für meine Arbeit, da es für mich von viel grösserem Wert war, meine Zeit mit dieser ehrfurchtgebietenden Sammlung menschlichen Wissens verbringen zu können.

Die Bücher, welche ich im Zuge meiner Tätigkeit sichtete, hatten recht unterschiedliche Inhalte, es gab natürlich nicht wenige Bibeln, wie es bei einer Stiftsbibliothek zu erwarten war, und hinzu kamen zahlreiche theologische Werke und Abhandlungen. Die wissenschaftlichen Traktate waren durchaus interessant, womöglich nicht wegen der aus moderner Sicht simplen Erkenntnisse, aber um die Entwicklung der wissenschaftlichen Methoden ersehen zu können, was mir auch bedeutsame Rückschlüsse auf die menschliche Natur erlaubte. Entgegen dessen, was viele wohl gerne meinen wollen, hat sich der Mensch in diesen vergangenen Jahrhunderten und Jahrtausenden nicht im Geringsten in seinem Wesen gewandelt, und das Phänomen der Furcht davor, etabliertes Wissen in Frage zu stellen, zieht sich kontinuierlich und bis hin zum heutigen Tage durch die ganze Geschichte der menschlichen Zivilisation.

Als ich einige der Werke von der Ablage zu meinem Tisch brachte, fiel mir eines besonders ins Auge. Es war ein weisser Einband, oder zumindest muss er im Ursprung weiss gewesen sein, bevor er in seinem jetzigen Ausmass beschädigt und verfallen war. Selbst der Titel war unleserlich, und in der Auflistung der Bücher war es nur mit dem Titel „Almanach" eingetragen, wohl im Fehlen irgendeines Hinweises auf den tatsächlichen Titel.

So sehr zog dieses unscheinbare, vergammelte alte Buch meine Aufmerksamkeit auf sich, dass ich, noch während ich daran war, ein anderes Werk abzulichten, vorsichtig durch diesen Almanach zu blättern begann. Die Seiten hiervon waren ebenso beschädigt wie der Einband, und der Text nicht immer vollständig lesbar. Mir fielen die zahlreichen Zeichnungen auf, die zumeist Landkarten abzubilden schienen, mit welchen ich allerdings nichts anfangen konnten, da keine davon irgendeinen Landstrich wieder gab, der mir bekannt vorkäme.

Trotz des aufgrund des Zerfalls unvollständigen Textes, konnte ich nach und nach einen Sinn aus diesem Buch, welches von Hand niedergeschrieben worden war, stiften. Immer wieder wurden sogenannte

Ahnen erwähnt, mit welchen offenbar Individuen gemeint waren, welche viele Jahrhunderte bevor dieses Buch verfasst wurde, eine grosse Bedeutung gehabt hatten, wohl die Herrscher über viele Länder und Menschen gewesen seien, deren Herrschaft aber unbarmherzig und tyrannisch war.

Den Ursprung dieser Ahnen deutete das Buch auf ein Land jenseits des Firmamentes, erneut eine Erwähnung, die sich immer wieder wiederholte. Jenseits des Firmamentes hausten diese Ahnen, und sie begaben sich über die ozeanischen Wege vom dunklen Tempel zu den Menschen hin, um über sie zu verfügen. Die Menschen wiederum waren für sie nur Untertanen oder gar Sklaven, welche ihren Anordnungen unter Androhung schwerer Strafen Folge zu leisten hatten.

Wie gebannt starrte ich Stundenlang auf die vergilbten und verwesten Seiten dieses Buches, und versuchte weitere Einzelheiten aus den Überbleibseln dieses Textes zu interpretieren. Ich konnte mir nicht vorstellen, was wohl der Ursprung dieses Textes gewesen sei: War es ein Märchen, welches jemand aus Jux und Tollerei verfasst hatte? Womöglich der Fiebertraum eines Schreibers, der dem Delirium tremens verfallen war? Oder, und dies war die erschreckendste Überlegung, konnte dieses arkane Buch vielleicht, so verzerrt es auch verfasst war, tatsächliche Begebenheiten wiedergeben?

Der Frust einerseits darüber, dass ich keinen logischen Sinn aus diesem Text oder den Zeichnungen interpretieren konnte, aber auch über die Schwierigkeit, den Text auf den schwer beschädigten Seiten zu entziffern, und vor allem, dass mein Vorgesetzter Raphael Rabe mich auf meinen langsamen Fortschritt beim Ablichten der bedeutsameren Bücher aufmerksam machte, brachte mich schliesslich dazu, das Werk beiseitezulegen und mich erneut meiner eigentlichen Aufgabe zu widmen.

Erst Wochen später, als ich meinen seltsamen Fund fast gänzlich aus meiner Erinnerung verdrängt hatte, sprang mir ein Bericht in einer Zeitschrift über Archäologie, Anthropologie und Kunstgeschichte ins Auge, welche ich in einer Wirtschaft auffand, die nahe der Universität von St. Gallen gelegen war, wo Studenten oftmals solche Fachzeitschriften liegenliessen.

Der Bericht erwähnte seltsame Strukturen aus Stein, mehrere Meter tief im Mittelmeer, nur ein kurzes Stück weit von der Küste Maltas entfernt. Auffällig daran seien vor Allem zahlreiche parallel verlaufende Furchen, sogenannte Schleifspuren, die an die Furchen von Wagen erinnerten, wobei es keinen Sinn ergab, dass solche sich tief unter dem Meer und in hartem Steinen befinden sollten.

In dem Moment konnte ich es nicht vermeiden, an das verwitterte alte Buch zu denken, welches von ozeanischen Wegen sprach, und hierzu eine Karte aufzeigte, welche mich zwar stark an die Mittelmeerregion erinnerte, jedoch vielerorts die abgezeichneten Landmassen keineswegs den tatsächlichen entsprachen, mit einer Abweichung, die viel zu gross war, als dass dies nur auf ungenaue Kartenzeichnung zurückzuführen wäre.

Eine Graphik in der Zeitschrift zeigte, wo die bekannten Furchen ungefähr verliefen. Ich eilte mit aller Hast zurück zu meinem Arbeitsplatz nahe der Stiftsbibliothek und holte das weisse Buch hervor. Vorsichtig suchte ich diese Karte, und verglich sie mit der Graphik der Zeitschrift. Tatsächlich, die Verläufe der entdeckten Strukturen waren fast deckungsgleich mit den ozeanischen Wegen, die im Buch erwähnt wurden und auf der Karte eingezeichnet waren.

Ein kalter Schauer lief mir den Rücken hinunter. Wie konnte es sein, dass dieses wohl mindestens eintausend Jahre alte Buch diese abstrusen Strukturen erwähnte, welche erst in jüngster Zeit von der Wissenschaft entdeckt, oder genauer gesagt wiederentdeckt worden waren?

Ich nahm die Zeitschrift an mich und wollte noch an diesem Tag die Graphiken darin mit den Karten im Almanach vergleichen, doch als ich zu meinem Arbeitsplatz zurückkehrte, konnte ich diesen nicht mehr auffinden, so sehr ich auch die Menge an Büchern durchsuchte, wo ich es ursprünglich zurückgelassen hatte, schien es wie vom Erdboden verschluckt.

2

Die Tür zu Professor Grebenschtschikows Kämmerlein war einen
Spalt breit offen, also trat ich ein, klopfte dabei aber noch an die Tür.
Grebenschtschikow brütete über irgendwelche Papiere und hob nur
kurz den Blick als er mich eintreten hörte.

„Kommen rein, junger Mann. Können sich setzen", sagte er in seinem starken russischen Akzent, während er weiter die Dokumente auf
seinem Schreibtisch betrachtete.

Es war nicht ganz einfach mir einen Weg bis zum hölzernen Stuhl
zu bahnen, welcher einsam vor dem massiven Schreibtisch stand. Das
ganze Büro war ein einziges Chaos: Es stapelten sich überall Kisten
und Schachteln, aus welche Papiere aller Art hervorblickten. Dahinter
waren an den Wänden einfache hölzerne Regale, bei welchen nicht wenige Ablagen unter dem Gewicht zahlreicher Bücher und Mappen ein-
gebrochen waren. Nichts davon schien den Greis zu stören, tatsächlich
schien es sogar, als würde er diese ganze Unordnung in seinem For-
schungseifer gar nicht wahrnehmen.

Ich setzte mich und sagte nichts, so lange wie der Professor noch auf
das Blatt Papier starrte. Er bewegte ein wenig die Lippen, während er
las, was dort geschrieben war. Derweil erklang aus einem kleinen Ra-
diogerät auf seinem Schreibtisch das Klavierkonzert von Edvard Grieg.

„Das ist eine Brief aus Italien, Pompeji", sagte er nachdem er fertig
gelesen hatte, „haben sie dort gefunden seltsame Inschrift an Grab. Habe ich gesehen vorher schon solche Zeichen. Aber ich kann sagen ihnen, wenn ich das diese Leute erkläre, dann wird es sein wie wenn ich
nie hätte erklärt. Sind Zeichen die wurden auch bei Ureinwohner in
Australien gefunden. Sie sehen, das wird nicht passen in Verständnis
von Geschichte. Und Archäologen immer haben Angst, wenn sie sagen

etwas, was Regierungen nicht wollen hören. Darum sie nur sagen, was man will hören. Poka."

Er zerknüllte das Papier und warf es in einem übervollen Papierkorb neben dem Schreibtisch.

„Wie kann ich ihnen helfen, Junger Mann?", fragte er mich anschliessend. Er sprach die Studenten immer als „junger Mann" an, weil er sich ihre Namen nicht merken konnte.

Ich begann eine langatmige Erklärung darüber, wie ich auf das verwitterte weisse Buch gestossen war, was darinstand und schliesslich, wie ich die Karten, die darin enthalten waren, mit unterschiedlichen modernen Karten verglichen hatte, um die seltsamsten Übereinstimmungen zu finden. Ich hatte die ganze Information sorgfältig in einem Dossier zusammengetragen, welches ich Professor Grebenschtschikow übergab. Eine ganze Weile schaute er dieses durch.

„Das ist wirklich faszinierend, haben sie gute Arbeit geleistet, junger Mann", sagte Grebenschtschikow, „aber warum sie machen so viel Arbeit für etwas, was die Fachwelt nicht wird annehmen auch nicht in hundert Jahren?"

„Nun, Professor", antwortete ich, „ich habe bei ihnen gelernt, dass wir unsere Forschung nicht machen sollten, um irgendeine Fachwelt zu beeindrucken, sondern weil wir Forscher sind. *Cognitio pro scientia.*"

Grebenschtschikow lachte. „Sie haben erinnert das Motto, das ich einmal habe erfunden für mein Unterricht."

„Ganz in diesem Sinne würde ich gerne mehr darüber herausfinden, wie dieses Buch entstehen konnte, und wer diese Ahnen waren, welche immerzu erwähnt werden", sagte ich.

„Würde ich gerne einmal anschauen diesen Almanach", sagte Grebenschtschikow, „klingt sehr interessant das alles."

„Das ist die Sache, Professor", stammelte ich, „ich kann das Buch nicht mehr finden. Es war Teil einer ganzen Reihe an Büchern, die ich ablichten sollte, und zu welcher eigentlich niemand sonst Zugang hatte. Auch mein Vorgesetzter, Herr Rabe, sagte mir, er könne kein Buch unter dieser Bezeichnung oder mit der Kodierung finden."

Grebenschtschikow kraulte sich einen Moment lang nachdenklich seinen weissen Bart. Griegs Klavierkonzert war inzwischen zu Ende und Dvoraks 9. Sinfonie „Von der neuen Welt" begann zu ertönen. Der Professor hob plötzlich den Finger, als wollte er mir sagen, dass ihm etwas eingefallen sei. Er erhob sich von seinem Sessel und wollte hinter dem Schreibtisch hervorkommen, doch die Unordnung stand ihm im Weg. Er seufzte und lehnte sich kurz mit gesenktem Blick an den Schreibtisch.

„Bitte junger Mann, dort hinten, sie sehen das blaue Mappe auf Regal", sagte Grebenschtschikow und deutete auf einen der zahlreichen Ordner. Ich sprang auf und lehnte mich über das Schlachtfeld von Kisten und Papieren, um gerade so in einem Balanceakt an die gewünschte Mappe zu kommen. Es war eine einfache dunkelblaue Kartonmappe, welche völlig überfüllt war. Ich drehte sie kurz um auf der vergeblichen Suche nach einer Beschriftung. Ich übergab sie dem alten Mann, welcher sie auf den Schreibtisch legte und sich auf seinem Sessel fallen liess.

„Sie haben gesagt war Buch mit Nummer G-506, ja?", fragte Grebenschtschikow.

„Ja, kein Titel und nur als ‚Almanach' bezeichnet", antwortete ich, „aber selbst das Datenblatt dazu konnte ich nicht mehr ausfindig machen. Es ist, als hätte ich mir das Buch nur eingebildet, aber sie müssen mir glauben, dass dem nicht so ist."

Grebenschtschikow nickte leicht, während er eine ganze Weile durch den Inhalt des blauen Ordners blätterte, welcher offenbar nur aus endlosen Auflistungen bestand, welche ich aber aus meiner Position nicht genau erkennen konnte. Ebenso wenig wagte ich es, den erhabenen Professor mit solchen Fragen zu unterbrechen, obwohl ich keineswegs das Gefühl hatte, dass sich dieser Mensch dadurch irritieren lassen würde. Ich hatte wohl noch nie so viel mit meinem ehemaligen Professor konversiert wie an diesem Tag, und je länger dieses Treffen andauerte, umso freundlicher und offener schien mir dieser Mann, der sonst nach aussen hin den Eindruck eines alten Grantlers machte.

„Ist seltsam, sehr seltsam jawohl", brummte er vor sich hin, nachdem er dutzende Seiten mit langen Listen durchgeblättert hatte. „Das hier ist Index von alle Bücher die sollten digitalisiert werden, aber finde ich nicht G-506. Ist wie wenn nicht existiert. Sie sind sicher von Nummer?"

„Ohne jeden Zweifel", antwortete ich. Erneut kraulte Grebenschtschikow seinen Bart.

„Ist vielleicht Fehler, wer weiss. Aber nicht schlimm, was ich wissen wollte, hier steht. Nummerierung ist von ganze Reihe von Bücher die kommen aus Einsiedlerkloster Prüsfa."

„Einsiedlerkloster Prüsfa?", fragte ich, „wo liegt denn die, davon habe ich noch nie gehört."

„Heisst nicht wirklich so, aber wir wissen nicht wie geheissen hat", erklärte Grebenschtschikow, „ist eine Ruine bei Fluss Ri di Prüsfa, tief in die Berge. Dort vergraben in Ruine hat man gefunden viele alte Bücher, daraus man konnte wissen, dass es gewesen kleine Kloster oder so ähnlich. Aber nicht viel mehr, wissen nicht wie geheissen oder wer dort gelebt. Bücher waren in zwei Truhen, die bei ein Erdrutsch verschüttet worden. So haben sich Bücher vor Plünderung gerettet und blieben erhalten."

„Wurde diese Ruine nicht weiter studiert?", fragte ich.

„Nein", antwortete der Professor, „weil Ruine wurde entdeckt 1941 bei Bau von Bunker dort in der Nähe, wegen grosser Krieg, sie wissen. Man hat gerettet Bücher, aber wegen Krieg wurde nicht viel weitergeforscht. Danach fiel in Vergessenheit, der Bericht aus die Zeit hat auch gesagt dass nicht viel dort übrig war, ausser die Truhen. Wahrscheinlich alles geplündert."

Professor Grebenschtschikow holte aus der blauen Mappe ein kleines Bündel Seiten, welche mit zwei Klammern zusammengeheftet waren, und drückte sie mir in die Hände. Darauf waren die wenigen Erkenntnisse ausgeführt, welche man über das Einsiedlerkloster hatte in Erfahrung bringen können. In den bekannten Quellen wurde der Ort nur sehr selten erwähnt, und meist nur sehr beiläufig. Die erste Erwähnung stammte aus dem Jahr 836, berichtet wird darin nur sehr kurz über eine kleine Kapelle, in welcher ein Einsiedlermönch lebte, und welche wohl Vorläufer des Klosters war.

Die einzige etwas detailliertere Beschreibung, wenn man das überhaupt so bezeichnen konnte, stammte aus einer Chronik aus dem Jahr 1245, welche von der „Kapelle der Ahnen" spricht, die aber aufgrund der geographischen Beschreibung eindeutig auf die Einsiedelei zurückgeführt werden kann. Zu diesem Zeitpunkt lebten sechs Mönche als Eremiten dort. Die Chronik besagt, dass sie die Hüter der Gräber der Ahnen sind, und sich niemand aus der umliegenden Region auch nur in die Nähe dieser Kapelle traute. In einer Erwähnung aus dem Jahre 1402 hingegen wird bereits eine Klosterruine beschrieben.

Nach dem 2. Weltkrieg gab es, angetrieben durch den Fund von 1941, sporadische Unternehmungen, die Ruine zu erforschen. Der Heimatschutz untersagte allerdings jedes Mal die Erlaubnis, den Ort auf irgendeine Weise zu beschädigen, was folglich auch eine Ausgrabung ausschloss. Grebenschtschikow konnte hierzu nur den Kopf schütteln. Die Ruine sei wenig mehr als ein Paar Steine, kaum von den Felsen in der Umgebung zu unterscheiden. Wenn es etwas von Wert für die Wissenschaft dort geben sollte, dann seien es bestimmt nicht die Überreste der Grundmauern.

„Was ich würde empfehlen ist, dass sie gehen und schauen, ob noch etwas zu finden ist dort. Bestimmt noch eine Information die in vierziger Jahre übersehen. Ich wollte schon lange hin, aber bin alt, kaputt, ich schaffe nicht. Problem ist auch das keine Erlaubnis von Regierung, wegen Heimatschutz."

Ich hatte allerdings gar nicht vor, mir von einem spiessigen Bürokraten, der sich hinter seinem Schreibtisch versteckt, verbieten zu lassen, diesen Ort genauer unter die Lupe zu nehmen, vor allem angesichts der Tatsache, dass auch sonst seit der Entdeckung keinerlei Massnahmen ergriffen worden waren, um diese Stätte irgendwie zu erhalten. Ich ergriff die Gelegenheit des guten Wetters, welches noch einige Tage in der Gegend herrschen würde, und machte mich mit meiner Zeltausrüstung auf zur Ruine.

Wie so oft in der Schweiz war dieser recht abgelegene Ort doch mit relativer Einfachheit zu erreichen. Anschliessend einer Bahnfahrt bis Biasca, wo ich erstmal übernachtete, trat ich am Tag darauf die zwei Busfahrten an, nach welchen ich nur noch wenige Stunden Fussmarsch brauchte, um die Ruine des Einsiedlerklosters von Prüsfa zu erreichen. Vor allem der letzte Abschnitt hatte sich dabei allerdings ziemlich mühselig gestaltet, einen steilen Hang hinauf ohne einen rechten Pfad. Ich musste mir mit grosser Vorsicht einen Weg über Stock und Stein bahnen, um nicht abzustürzen.

Die Ruine befand sich auf einer kleinen Ebene, welche sich zwischen den Berghängen neben dem kleinen Bach auftat. Selbst Grebenschtschikows Beschreibung als Ruine schien mir übertrieben, hätte ich nicht gewusst, um diesen Ort die einstige Stätte der Einsiedelei zu erwarten, wäre ich davon überzeugt gewesen, dass es nur eine zufällige Felsformation sei. Die wenigen Überreste waren dermassen überwuchert, dass sie sich inzwischen vollkommen in die Landschaft einfügten. Nur bei genauerem Hinschauen waren einige Abflachungen an den Steinen zu erkennen, welche daraufhin deuteten, dass es Überreste eines Bauwerks waren.

Ungefähr in der Mitte dieser Stätte bemerkte ich etwas Seltsames am Boden, kreisrund war eine Holzplatte auf den Boden gelegt, welche durch die Abwesenheit des sonst allgegenwärtigen Pflanzenwuchses auffiel. Die Holzbretter waren morsch und von Moos und Flechten bedeckt. Ich riss eines der Bretter ab, und entdeckte darunter eine Falltür aus Stahlgitter, welche mit einem alten, rostigen Vorhängeschloss verschlossen war. Darunter konnte ich steinerne Stufen erkennen, die hinunter in die Dunkelheit führten. Sofort war mir klar, dass darunter der Ort sein musste, wo die Bücher gefunden worden waren.

Ich riss mühelos die restlichen Holzbretter weg und gab die Falltür frei. Diese bot mir trotz des Alters und des Rostes grösseren widerstand als die Bretter, doch ich konnte, indem ich mit einem schweren Stein auf das Vorhängeschloss schlug, dieses schliesslich aufbrechen. Mit einem lauten Quietschen öffnete ich das Stahlgitter und gab den Eingang frei.

3

Mit meiner Taschenlampe in der linken Hand betrat ich vorsichtig das arkane Gewölbe, welches unter den Ruinen des einstigen Klosters seit langen Jahren in kalter Dunkelheit schlummerte. Eine steinerne Treppe, welche direkt in den Felsen gemeissell war, führte hinunter in eine kleine Kammer. Ich konnte nicht ausmachen, inwiefern dieser Ort den natürlichen Ursprung einer Höhle hatte, von Menschenhand gegraben worden war, oder gar eine Mischung davon darstellte, eine Höhle, die später erweitert worden war.

Während die erste Kammer, welche nebst etwas Geröll völlig leer war, weitgehend den Anschein einer Höhle aufwies, mit groben, unregelmässigen Wänden und erdigem Boden, so besass sie allerdings auch zwei Durchgänge, deren Form, wenn auch etwas asymmetrisch doch zu exakt schien, um auf natürliche Weise entstanden zu sein. Einer dieser Durchgänge war wohl von einem Einsturz verschüttet, ein Haufen von Steinen und Geröll füllten ihn von der anderen Seite her bis ganz oben auf. Der andere Durchgang, gerade gross genug, dass ich mich leicht bücken musste, um ihn zu durchqueren, war offen und bot mir Zugang zu einer weiteren Kammer.

Dieser nächste Raum war merkbar anders als der Erste, nicht mehr Wände von rauem, gezacktem Fels, sondern glatt gemeisselt. Ich meinte, auf den Wänden Überreste von Zeichnungen erahnen zu können, doch zu schlecht erhalten, als dass ich die Bildnisse identifizieren könnte. Zu sehr hatten die Feuchtigkeit und das Moos dem ganzen Ort zugesetzt. Ich schaute mich mithilfe der Taschenlampe in diesem ebenfalls kahlen Raum um, und bereute in dem Moment, nicht in Erfahrung gebracht zu haben, wo genau denn die Bücher gefunden worden waren, denn so überschaubar, wie ich es erwartet hatte, war dieser Ort keineswegs.

Als ich, nachdem ich einen Moment lang versucht hatte, die Reste der Malereien zu erkennen, mich zur Wand zu meiner Rechten drehte, überraschte mich der Anblick eines weiteren Durchgangs, welcher aber mit einer reichlichen, tempelartigen Verzierung versehen war. An den Seiten waren Säulen in den Stein gemeisselt worden mit abstrakten Mustern, die mich an Reben erinnerten, ebenso war über den Durchgang ein Schrägdach in den Stein gemeisselt. Es war nicht zu übersehen, dass diese Pforte zu einem Ort von grosser Bedeutung führen musste.

Ich fuhr mit den Fingern vorsichtig über diese Ornamente in der Wand. Die Qualität dieser Schnitzereien war erstaunlich, trotz des offensichtlichen Alters war die Sorgfalt, mit welcher sie in den Stein graviert worden waren, nicht zu übersehen, und auch ein unwirklicher Kontrast zum Rest dieses Ortes, welcher bestenfalls primitiv bearbeitet worden war, wenn überhaupt.

Ich betrat den Gang jenseits dieses Portals und kam in einen langen Korridor, welcher schräg nach unten führte und dessen Wände und gewölbte Decke ebenfalls mit auffälliger Perfektion bearbeitet waren, absolut gerade und ohne die Unregelmässigkeiten, welche die vorherige Kammer aufwies. Sie glänzten beinahe im Licht meiner Taschenlampe.

Mehrere hundert Meter muss ich wohl diesen Korridor entlanggelaufen sein, die völlige Abwesenheit jeglicher Art von unterscheidendem Merkmal machte es schwer, die Distanz einzuschätzen und die Orientierung zu erhalten. Dann allerdings konnte ich einen Raum am Ende des Gangs erahnen. Ich erwartete eine weitere kleine Kammer, wie es die bisherigen Räume gewesen waren, doch ich fand mich völlig überwältigt in einer enormen Halle wieder. Die Decke musste mindestens zehn Meter hoch sein, denn das Licht meiner Taschenlampe konnte sie kaum noch erhellen. Entlang der Halle standen steinerne Gebilde, welche mich an Tische oder Regale erinnerten. Konnte es sein, dass hier die alten Bücher gefunden wurden?

Ich schaute mich in diesem Raum um, doch konnte auch hier nichts wirklich Weiterführendes finden. Es gab keine Schriften oder Malereien an den Wänden, keine Symbole, und erst recht keine Artefakte, die irgendetwas über diesen geheimnisvollen Ort verraten hätten. Erst hatte ich spekuliert, dass es sich um eine unterirdische Kapelle handeln könnte, da solche keineswegs unerhört sind, doch nichts machte den Anschein, dass dies ein Ort des Gebets sei. Keine Bänke, kein Altar, kein Kreuz oder sonstige christliche Symbolik. Es machte eher den Eindruck eines Lagerraums.

Als ich die Wände inspizierte, fielen mir zahlreiche der tempelartigen Verzierungen auf, welche ich beim Eingang in den vorherigen Korridor bemerkt hatte, jedoch besassen diese keine Tür, sie waren scheinbar grundlos in regelmässigen Abständen in den Stein gemeisselt. Ich tastete die Wände bei einem dieser Ornamente ab, ob es vielleicht einen verborgenen Durchgang gäbe, doch es schien alles solide Steinwand zu sein.

Erst am hinteren Ende des Raumes fand ich das scheinbar einzige andere Tor, nebst dem, durch das ich hierher gelangt war. Es führte in eine viel kleinere Kammer, in welcher mir sofort eine Reihe von vier grossen, parallel aufgestellten steinernen Quadern auffiel, die wiederum auf steinernen Sockeln ruhten, und die von der Form und Grösse her markant an Särge denken liessen.

Ich sah mich ein Wenig in diesem Raum um und bemerkte erstmals Zeichnungen an den Wänden. Erst meinte ich, es seien Dekorationen, doch bei näherer Betrachtung schien es sich um Karten zu handeln. Ich erkannte einige der Territorien, den Umriss Europas und Nordafrikas, doch dort, wo eigentlich Meer und Ozean sein sollten, erstreckten sich ebenfalls kleinere, verästelte Landmassen. Ich musste an die Karten denken, welche im seltsamen weissen Buch abgebildet waren, ich meinte sogar, dass es Teils die gleichen Regionen zeigte, welche zumindest heute gar nicht mehr existierten.

Mit einem kleinen Photoapparat knipste ich Bilder von den Zeichnungen an den Wänden, dann wendete ich mich den steinernen Gebilden zu. Als ich diese aus der Nähe betrachtete, so erkannte ich, dass die obere Leiste tatsächlich ein Deckel war. Ich versuchte diesen ein Wenig zu bewegen und obwohl schwer, gab er tatsächlich nach.

Mein Herz raste. Es schien mir unwahrscheinlich, dass die ursprünglichen Entdecker dieses Ortes bis hierher vorgedrungen waren, da diese Sarkophage oder was auch immer sie waren, völlig unberührt schienen. Wider jede archäologische Orthodoxie entschied ich mich, diesen zu öffnen, um den möglichen Inhalt zu inspizieren. Was auch immer darin zu finden wäre könnte vielleicht Aufschluss darüber geben, was es mit diesen bizarren Gewölben auf sich hatte.

Mit grosser Sorgfalt, als dass der steinerne Deckel dieses Behälters nicht runterfalle, begann ich ihn zu öffnen, ich hob ihn leicht an und schob ihn zur Seite, dann tat ich es am anderen Ende ebenso, sodass der Deckel quer auf diesem Gebilde liegen bliebe. Da ich beide Hände benötigte, legte ich die Taschenlampe auf einen anderen der Sarkophage und liess sie nach oben leuchten. So war es gerade hell genug, dass ich erkennen konnte, was ich machte.

Nachdem ich den Deckel weit genug verschoben hatte, nahm ich die Taschenlampe an mich und bediente mich ihrer, um erstmals ins Innere dieses seltsamen Behälters zu blicken. Ich erschrak kurz, als ich im Inneren ein menschliches Skelett erblickte, oder zumindest schien es mir menschlich. Ich hatte zwar bereits die Erwartung gehabt, menschliche Überreste aufzufinden, trotzdem aber wirkte der Anblick auf mich bestürzend.

Ich starrte eine Weile wie gebannt auf den Schädel dieses Skeletts. Nach jeder Metrik handelte es sich um ein menschliches Skelett, doch etwas am Anblick des Schädels war mir befremdlich, ohne dass ich hätte definieren können, was dies sei. Ich konnte nicht erkennen, was an diesem Schädel nicht richtig war, jeder Bestandteil einzeln entsprach genau dem, was man von einem menschlichen Schädel erwarten würde, trotzdem konnte ich mich nicht vom Gedanken losreissen, das etwas an diesem Anblick unheimlich war, verstörend.

Je länger ich in den steinernen Sarg hinein starrte, umso mehr überkam mich ein Gefühl des Grauens, welches mich daran hinderte, den Blick abzuwenden. Ich meinte, dass sich etwas aus dem Sarkophag erhob. Meine Augen waren überzeugt, dass dem nicht so war, wohl aber mein Geist. Was auch immer es war, ich konnte es, obgleich nicht sichtbar, nicht hörbar und nicht spürbar, trotzdem wahrnehmen. Ich bemerkte, wie es sich erhob und den ganzen Raum erfüllte.

In dem Moment ging meine Taschenlampe anschliessend eines kurzen Flackerns aus. Trotzdem aber konnte ich diese Präsenz weiterhin wahrnehmen, sie umgab mich vollkommen und strahlte den entsetzlichsten Grauen aus, den ich mir jemals hätte vorstellen können. Mir war, als hätte ich das Tor zur wahrhaftigen Hölle geöffnet.

Von da an spürte ich nur noch wie meine Beine und mein ganzer Körper schwach wurden, ich stürzte zu Boden und verlor das Bewusstsein.

4

Ich kam kurze Zeit später wieder zu mir und tastete im Dunklen nach meiner Taschenlampe, welche nicht weit von mir auf dem Boden lag. Nach ein wenig rütteln funktionierte sie tatsächlich wieder. Mir fiel ein Stein vom Herzen, dass ich nicht im Dunkeln den Weg aus diesen Gewölben suchen müsste. Ich stand auf und musste mich erstmal fassen. Was war überhaupt passiert? Womöglich nur meine Einbildung, vermischt mit der Einwirkung irgendeines Schimmels oder einer Fäulnis innerhalb des Sarkophags, welchen ich geöffnet hatte?

Ich warf nochmals einen Blick auf diesen und stellte mit Verblüffen wie auch grossem Schreck fest, dass dieser nun leer war. Das Skelett war verschwunden, oder hatte ich es mir nur eingebildet? Mein Blick fiel nun auf die anderen drei dieser steinernen Sarkophage: Sie waren geöffnet, ebenso wie der, an dem ich mich zu schaffen gemacht hatte. Ich prüfte hastig einen nach dem anderen: Sie alle waren leer. Es war mir unerklärlich, wie und durch wen sie geöffnet worden waren. Die Möglichkeit, dass jemand mir unbemerkt bis hierher gefolgt war, erschien mir völlig undenkbar.

Diese Räumlichkeiten wurden mir nunmehr unheimlich, selbst wenn dies nur eine durch biologische Stoffe hervorgerufene Halluzination gewesen sei, so schien mir der Aufenthalt hier unten trotzdem eine Gefahr. Es war nur vernünftig, diesen Ort vorerst zu verlassen.

Ich lief den gleichen Weg hinaus, den ich hineingekommen war, doch immerzu hatte ich den Eindruck, etwas sei anders an diesen Gewölben. Erneut, wie auch mit diesem Schädel, den ich meinte, gesehen zu haben, konnte ich nichts Konkretes erkennen, was anders sei, als wie ich es in Erinnerung hatte, und trotzdem war mir der Ort fremdartiger als zuvor.

Mit einem stetig wachsenden Gefühl des Unbehagens über mir eilte ich zum Ausgang und erreichte mit Erleichterung das Tageslicht. Es war noch früh genug, als dass ich zum Dorf zurücklaufen konnte, um nicht dort auf dem Berg zelten zu müssen. Der Weg zurück, den ich an der frischen Bergluft lief, beruhigte meine Gedanken und ich hatte immer mehr die Gewissheit, dass all das seltsame, was ich in diesen unterirdischen Räumen erlebt hatte, nur ein Produkt meiner Phantasie gewesen war, womöglich angetrieben durch die verdorbene Luft dort unten.

Ich erreichte das Dorf, wenig mehr als ein Dutzend Häuser, nach wenigen Stunden. Wie schon zuvor schien der Ort menschenleer, doch sogleich wie ich die Hauptstrasse überquerte, erschien ein Polizist und lief in meine Richtung, während er mir zuwinkte. Ich hielt ein, und er näherte sich mir. Als ich sein Gesicht aus der Nähe sah, erschrak ich. Mich überkam das gleiche Gefühl wie schon mehrmals zuvor, ich konnte nichts Konkretes finden, was am Antlitz dieses Mannes abstrus sei, doch trotzdem strahlte es mit überwältigender Kraft einen grauenvollen Anschein aus. Ich konnte nicht verhindern, an den Schädel zu denken, den ich im Sarkophag erblickt hatte, und wie dieser genau den gleichen Effekt auf mich gehabt hatte.

Der Polizist musterte mich erst, und fragte mich dann, wo ich herkäme, worauf ich antwortete, durch das Tal gewandert zu sein. Niemals hätte ich mein tatsächliches Ziel ohne weiteres preisgegeben. Der Polizist fragte mich eindringlich, ob ich denn nicht Campieren war, während er meinen Rucksack betrachtete. Wild zelten sei in der Gegend schliesslich verboten. Ich bestand darauf, gerade am gleichen Tag angereist zu sein, und als ich das Billet der Busfahrt am Vormittag vorzeigen konnte, war dies dem Polizisten wohl Nachweis genug, oder zumindest wusste er nicht, was er mir sonst vorwerfen sollte. Mit weiterhin argwöhnischem Blick entfernte er sich langsam.

Ich hatte Glück, und musste nicht allzu lange auf den Bus warten, der mich zurück zur Zivilisation bringen sollte. Ich stieg in der vorderen Tür ein, da ich nun einen Fahrschein für die Rückfahrt brauchte. Während ich einstieg, zählte ich bereits das Kleingeld zusammen, als ich den Blick hob und den Busfahrer sah, musste ich mich halten, um meinen Schrecken nicht offensichtlich zu machen, als ich sein Gesicht sah. Es war schon wieder dieser grauenvolle Anblick, worin nichts Konkretes zu erkennen war, und doch das Gesicht dieses Mannes mittleren Alters unheimlich war, unmenschlich könnte man sogar sagen.

Ich bezahlte und bekam wortlos mein Billet hingehalten. Ohne mir etwas anmerken zu lassen, lief ich in den Bus hinein, ausser mir war eine alte Dame der einzige Fahrgast. Sie sass am Fenster und stickte. Ich setzte mich in die leere Vierergruppe daneben. Als der Bus dann anfuhr und sie einen Moment lang aus dem Fenster schaute, schaute ich mir ihr Gesicht an, doch sah erleichtert, dass dieser grauenvolle Anblick, den ich im Polizisten sowie im Busfahrer gesehen hatte, nicht da war.

Die alte Frau bemerkte, dass ich sie anstarrte und blickte zu mir hinüber. Sie lächelte und sprach mich auf Italienisch an, doch ich erklärte ihr so gut ich konnte, dass ich sie nicht verstand. *„Va bene, va bene"*, sagte sie und stickte weiter.

Wie ich in dichter besiedeltes Gebiet kam und wieder mehr Leute um mich herum antraf, sah ich immer mehr Menschen, welche diesen grässlichen und doch unbeschreiblichen Ausdruck im Gesicht trugen. Es waren gleichwohl nicht alle, ich bemerkte, dass dies bei jungen Leuten häufiger auftrat, und seltener bei den Älteren. Weiterhin erwog ich, ob das alles wohl nur meine Einbildung sein konnte, irgendeine bizarre Halluzination, eine Wahnvorstellung.

Wann immer sich eine der Personen mit diesem Grauen im Gesicht sich zu mir drehte, sank mir das Herz in die Hose, doch ich versuchte, mir nichts anmerken zu lassen. Zumal meinte ich, dass diese Leute zu bemerken schienen, was ich in ihren Gesichtern sah, und dies missfiel ihnen wohl. Am Bahnhof in Bellinzona schaute mir ein solcher junger Mann eine ganze Weile hinterher, und ich war froh als mein Zug kam, und er auf dem Bahnsteig zurückblieb.

Nach und nach begann ich die Leute zu meiden und ihren Blicken auszuweichen. Ich versuchte so diskret und unauffällig wie möglich den Weg zurück nach Thurikon zu schaffen, wo ich mich erstmal in meiner kleinen Wohnung verschanzte.

Es war zu dieser Zeit, dass mich grässliche Alpträume zu plagen begannen. Immer wieder sah ich diese Fratze, welche ich sonst auch in den Gesichtern vieler Leute zu erkennen meinte, nun aber als eigenständiges Gesicht, welches ebenfalls menschenähnlich und doch aberrant, grauenhaft und unmenschlich war. Viele Nächte träume ich davon, wie ich von diesem abscheulichen Wesen verfolgt wurde, mit aller Mühe davonrannte, ohne aber kaum von der Stelle zu kommen, während dieses Gesicht hinter mir immer grösser wurde, bis es mich schliesslich gänzlich umgab. Ich erwachte und hatte ich das Gefühl, müder und erschöpfter zu sein als die Nacht zuvor.

Von diesem Phantasma buchstäblich verfolgt, und zugleich von der Gewissheit geplagt, dass ich es war, der dieses als Konsequenz meiner Neugier in die Welt gesetzt hatte, versuchte ich einen Weg zu erdenken, wie ich diesen Fehler wohl wiedergut machen könnte. Meine Gedanken kreisten dabei immer wieder um diesen geheimnisvollen Almanach, welcher mich überhaupt erst zu dieser unglückseligen Forschung angespornt hatte. Gar zu gern hätte ich dieses Buch noch einmal in Händen gehalten, als dass ich daraus vielleicht noch etwas lernen könne, doch es war wohl hoffnungslos verschollen.

Doch während ich an dieses Buch dachte, erinnerte ich mich auch an diese unerklärliche Überschneidung mit den Schleifspuren, diesen unerklärlichen Einkerbungen im Stein, welche auf dem Grund des Meeres gefunden worden waren und von welchen ich in der wissenschaftlichen Zeitschrift gelesen hatte. So kam mir der Geistesblitz, wenn ich denn nicht den Almanach finden könnte, so wenigstens diese Quelle, die offensichtlich zumindest eine der Informationen aus dem Almanach wiedergab.

In der Sammlung von wissenschaftlichen Zeitungen von der Bibliothek der Universität Thurikon war das gesuchte Exemplar schnell ausfindig gemacht, doch die Information, die darin enthalten war, war ernüchternd knapp. Die Schleifspuren zogen sich scheinbar willkürlich durch das Mittelmeerbecken, mit einer merkbaren Häufung nahe der

Küste von Malta, sowie bis hin zum maltesischen Festland, wo sich reichliche solche Schleifspuren fanden.

Erwähnung fand der leitende Forscher auf Malta, ein Spanier namens Dr. Ramón Vargas de Santamaría. Professor Grebenschtschikow konnte mir tatsächlich dabei behilflich sein, mit diesem Herrn in Kontakt zu kommen. Die Erwähnung des antiken Buches, in welchem die Trassen dieser Schleifspuren exakt wiedergegeben wurden, hatte durchaus das Interesse des Wissenschaftlers geweckt, und so ich fand mich schon wenige Tage später auf dem Weg nach Malta wieder.

Dort angekommen trat ich aus dem Flughafen in die sengende Hitze und hielt Ausschau nach dem Assistenten von Dr. Vargas, der mich dort abholen sollte. Wie ich die Reise angegangen war, fiel mir auf, dass ich immer seltener Menschen antraf, in deren Gesicht ich diese grauenvolle Verzerrung sah, und ich kam nicht drum herum mich zu wundern, ob dieses Übel sich erst noch weiter ausbreiten würde.

Ein klappriger alter Geländewagen fuhr zu mir ran und der Fahrer, ein junger Mann namens Pietro, fragte mich, ob ich Dr. Vargas treffen sollte. Ich bejahte und stieg ein, wir fuhren sogleich über Landstrassen, die zwischen malerischen Dörfern hindurchführten, bis zur nicht weit gelegenen Stätte von Ħaġar Qim, wo derzeitig Ausgrabungen stattfanden.

Es handelte sich bei diesem Ort um einen weitläufigen Tempelkomplex, gelegen auf einer Klippe über dem Meer, worin mehrere massive weisse Zeltdächer anhand von Stahlträgern über die einzelnen Tempelbauten gespannt waren. Pietro, der junge Mann der mich hierhergefahren hatte, führte mich zu einem dieser Zelte und deutete auf einen Herrn, der mit dem Rücken zu mir auf einem kleinen Klapphöcker sass.

„Dr. Vargas de Santamaría?", fragte ich zögernd. Vargas drehte sich zu mir um, und ich sah zuallererst im Antlitz dieses stämmigen Mannes mittleren alters, mit einem blassen Gesicht und grauen Bart, diesen unbeschreiblichen, geisterhaften Ausdruck, welchen ich nun schon zu oft schon gesehen hatte. Mit aller Kraft versuchte ich mir nicht anmerken zu lassen, welches Grauen dieser Mann in mir auslöste.

„Da sind sie ja, ich habe sie schon erwartet", sagte Vargas, „was Professor Grebenschtschikow berichtete, hat uns alle völlig überrumpelt, die Vorstellung, dass diese geheimnisvollen Schleifspuren in einem antiken Buch eingezeichnet sind, könnte unsere ganze Forschung auf den Kopf stellen. Könnten wir denn nun dieses Buch oder das Faksimile mal betrachten?"

Grebenschtschikow hatte scheinbar, bewusst oder nicht, vergessen zu erwähnen, dass das Buch inzwischen verschollen war und ich auch kein Faksimile davon besass. Ich begann stotternd zu erklären, dass ich weder das Buch noch Bilder davon besass, was in Vargas einen merkbaren Frust auslöste.

„Was sollen wir denn nun machen? Es bringt uns wenig, dass sie uns davon berichten. Selbst wenn ich ihnen glaube, dass sie das gesehen haben, hilft uns ihre Erzählung allein bei unseren Forschungen nicht weiter", schimpfte Vargas und setzte sich danach wieder auf seinen Höcker. „Es scheint mir doch, dass sie diese lange Reise umsonst auf sich genommen haben, aber ich denke nicht, dass sie uns hier noch irgendwie helfen können. Pietro wird sie zu ihrer Unterkunft bringen, am besten ist es, sie buchen den ersten Flug zurück. Guten Tag."

Völlig baff blieb ich einen Moment dort wie angewurzelt stehen, erstaunt von Vargas' Reaktion, doch zugleich erleichtert, dass er nichts weiter mit mir zu tun haben wollte. Ich machte mich sogleich auf, den Ort zu verlassen, so weit von diesem Mann und dem unsichtbaren Grauen, das er im Gesicht trug, als dass Pietro mich nach Valletta fahre, wo ich ein Hotel gebucht hatte.

Eine Weile fuhren wir durch die spätsommerliche Landschaft, ohne ein Wort zu wechseln, bis Pietro schliesslich ins Plaudern kam. „Ich habe ihr unglückliches Treffen mit Dr. Vargas mitbekommen", sagte er, „dürfte ich ehrlich mit ihnen sein?"

„Bitte doch", antwortete ich.

„Dr. Vargas war ein wenig irritiert, nachdem er mit Professor Grebenschtschikow gesprochen hatte. Er mag es nicht, wenn jemand seine Forschungen in Frage stellt, oder ihm Antworten liefert, die er selber nicht finden konnte. Deshalb denke ich, dass es für ihn Grund genug war, dass sie das Buch nicht bei sich hatten, um sie wieder wegzuschicken."

„Ich kann es ihm nicht wirklich übelnehmen", sagte ich, „die meisten Leute würden auf meinen Bericht allein wenig Wert legen."

„Es gibt da jemanden, der, so denke ich, einen sehr grossen Wert darauflegen würde", sagte Pietro, „ich würde sie gerne dorthin fahren, wenn sie Zeit hätten."

5

Pietro fuhr mich zu einem Vorort von Valletta, wo er eine Weile durch die engen Strässchen kreiste, bis er vor einem der unscheinbaren Reihenhäuser anhielt. Wir stiegen beide aus, und er führte mich zu einem der Häuser, welches, wie viele andere auch, einen bogenförmigen Eingang besass, über welchem sich im zweiten Stock ein steinerner Balkon befand. Pietro klopfte an die metallene Tür, welche laut klapperte. Sie wurde sogleich geöffnet, vor uns stand ein rüstiger alter Mann, bestimmt einen Kopf kleiner als ich, gekleidet in einem auffälligen blauen Sakko.

„Was gibt es?", fragte der Mann.

„Ich habe hier jemand, den sie bestimmt gerne sprechen möchten", antwortete Pietro, „ich denke sie können sich auf Deutsch unterhalten, denn dieser Herr ist Schweizer wie sie."

„Tatsächlich?", fragte ich.

„Erwin von Deschwanden", sagte der alte Mann, „zu ihren Diensten. Was führt sie denn hierher?"

„Es ist eine lange Geschichte, dürfte ich mich vielleicht setzen?"

Von Deschwanden führte mich in seine recht armselig möblierte Wohnung, wo ich mich auf ein altes Sofa setzte, bei welchem scheinbar jede einzelne Feder quietschte. Das wenige Sonnenlicht, das durch ein Fenster sowie die Terrassentür, welche zum kleinen Hinterhof führte, fiel, schaffte ein Halbdunkel, an welches sich meine Augen erst gewöhnen mussten.

In dieser muffigen und zwielichtigen Stube erzählte ich ihm also von dem Buch, welches ich kurzzeitig in die Hände bekommen hatte, von den ‚ozeanischen Wegen', die darin verzeichnet waren, und welche exakt mit den Schleifspuren übereinstimmten, und schliesslich von der Ruine, welche ich erforscht hatte, mit ihren seltsamen Reliefs an den Wänden. Bloss den Teil mit den Sarkophagen liess ich aus, denn mir selbst erschien dieser Teil meines Erlebnisses gar zu unwirklich, als dass ich es glaubhaft hätte vermitteln können.

„Das ist ja wirklich grossartig", sagte von Deschwanden, „es bestätigt all das, was ich seit langer Zeit angenommen hatte. Es ist wirklich schade, dass sie das Buch nicht mehr haben, aber ihr Bericht allein ist bereits von unschätzbarem Wert."

Ich erinnerte mich in diesem Moment, dass ich ja die Photographien aus der Ruine bei mir hatte. Diese waren mir bei meinem unschönen Treffen mit Dr. Vargas vollkommen entfallen, nun aber holte ich sie hervor und zeigte sie von Deschwanden. Er schaute sie sich eine kurze Weile an, dann legte er sie auf den Tisch und erhob sich, um etwas zu holen. Als er zurückkam, hatte er selbst einige Photographien in den Händen.

„Sehen sie sich diese Bilder an", sagte er nur, und drückte mir einen der Abzüge in die Hand. Es zeigte eine steinerne Wand, auf welcher die abgenutzten Überreste von einem einstmaligen Reliefbild erkennbar waren. Ich konnte jedoch nicht viel ausmachen.

„Ich verstehe nicht ganz…", sagte ich.

„Hier, sehen sie doch", sagte von Deschwanden und hielt seine Photographie neben die meine. Nun bemerkte ich, was er meinte: Das wenige, was vom Relief auf seiner Photographie zu erkennen war, stimmte exakt mit den Meisselungen in der Klosterruine überein.

„Es ist das gleiche Muster!", rief ich überrascht.

„Richtig", sagte Deschwanden, „sie haben mir hier eine Antwort gebracht, nach der ich seit Jahren, nein, seit Jahrzehnten gesucht hatte. Natürlich wäre mir nie eingefallen, das fehlende Reliefbild in einer Klosterruine in der Schweiz zu suchen. Aber da sehen sie wieder einmal, Phänomene, welche keine konventionelle Archäologie jemals erklären könnte."

„Aber was hat das zu bedeuten?", fragte ich.

„Wo soll ich nur anfangen", sagte von Deschwanden, „wie sie bestimmt wissen, haben viele Menschen eine irrationale Angst vor Spinnen, eine sogenannte Phobie. Niemand weiss genau, weshalb dies so ist, weshalb Spinnen solche Angst auslösen, nicht aber andere Käfer oder Insekten. Einige behaupten, es sei ein evolutiver Reflex, eine Angst, welche genetisch veranlagt ist, weil sie dem Menschen zu überleben half.

Und nun, bestimmt haben sie einmal eine manipulierte Photographie gesehen, wie es sie heute ja so viele gibt, und von welcher sie sofort das Gefühl hatten, etwas stimme nicht, obwohl sie nichts Konkretes aufzeigen konnten, was daran falsch sei. Dies, so behaupte ich, entstammt einem ähnlichen, genetisch veranlagten Reflex, so wie die Angst vor Spinnen: Die Kapazität, falsche Menschen zu erkennen. Und es würde bedeuten, dass einstmals Wesen existierten, welche den Menschen ähnelten, aber in Wirklichkeit eine völlig andere Gattung waren, welche den Menschen gar gefährlich war.

Das mag aufs Erste nach einem Hirngespinst klingen, aber Hinweise hierauf finden wir in zahlreichen antiken Schriften. Bloss werden diese immer nur als irgendwelche Märchen abgetan. Wenn Archäologen etwas nicht erklären können, dann schieben sie es immer der Religion zu. Aber wenn die Berichte aus unterschiedlichsten Kulturen und Regionen dieser Welt übereinstimmen, dann kann das doch kein Zufall sein. Seien es nun die Dämonen unserer christlichen Kultur, die Danavas der Hinduisten, die boshaften Götter der Maya, die durch Menschenopfer besänftigt werden mussten, und, und, und. Es gab sie wirklich und sie wurden einstmals als Ikinu beschrieben.

Die Schriften sprechen von einem ständigen Kampf, welcher vor vielen hunderttausend Jahren zwischen den Ikinu und den Menschen stattfand, ein Kampf, der nicht physisch, sondern geistig war. Die Ikinu waren nicht gänzlich physische Wesen, sondern eine Art von Spektrum, welches den Menschen besessen würde. Die Menschen unterlagen den Ikinu, und die alt-antike menschliche Zivilisation ging unter, doch der Parasiten hatte seinen Wirt damit getötet, oder fast. Es war in diesem Zeitpunkt der Schwäche, dass der Mensch es irgendwie schaffte, die Ikinu aus der Welt zu verbannen.

Was zurück blieb, waren die Baue, welche der Ursprung der Ikinu gewesen waren, Orte, die eine sonderbare Zusammenkunft der energetischen Ströme unseres Planeten darstellten, und aus welchen diese Ikinu ähnlich der Lava eines Vulkans hervortraten. Diese Baue wurden einstmals von den Menschen versiegelt, doch die Geschichte liess das Wissen über die Ikinu und ihre Verbannung verwelken, bis man irgendwann die letzten Aufzeichnungen darüber nur noch als Legenden und Ammenmärchen abtat.

Was sie auf dem Relief ihrer Photographie sehen, ist tatsächlich eine Landkarte, die das Land der Ikinu zeigt. Ein abscheuliches, aberrantes Falsifikat einer Welt, angemessen für diese Wesen, welche nicht selber sein konnten, sondern sich nur parasitär von der Realität nährten. Es sind viele Landmassen, welche nach der Verbannung buchstäblich untergingen, vom Meer verschlungen, als hätte die Welt selber dieses Grauen wegspülen wollen. Denken sie an die Legende der Sintflut, womöglich auch mehr als eine blosse Metapher. Lediglich diese einsame Insel Malta, einstmals Mittelpunkt und höchste Bergspitze des Landes der Ikinu, blieb völlig verwüstet übrig, seine zahlreichen Tempelbauten als stille Zeugen der Verbannung der Ikinu.

Die Schleifspuren, welche sie auf diese Spur gebracht haben, waren die Wege in diesem Land der Ikinu, welche heute bloss noch als versteinerte Überreste zu sehen sind. Wie genau diese Wege funktionierten ist unmöglich zu sagen, da die Ikinu ja wie gesagt auch keine physischen Wesen waren, aber dass es ihre Pfade waren, ist unanfechtbar. Was sie in diesem Buch sahen, war wahrscheinlich eine der letzten Überlieferungen von all diesem uralten Wissen."

Nachdem von Deschwanden seine Erklärung beendet hatte, bat er Pietro, das Licht anzuschalten, da es draussen dunkelte. Ich versuchte derweil die Ausführungen, die ich soeben gehört hatte, zu verarbeiten, was mir allerdings nicht leichtfiel, denn mir wurde nun nach und nach bewusst, was ich tatsächlich in dieser Ruine angerichtet hatte, was ich für ein grässliches Übel ich über die Welt gebracht hatte. Dr. Vargas war wahrscheinlich daran, diese alten Tempel wieder zu neuem Leben zu erwecken.

„Herr von Deschwanden", sagte ich, „was wissen sie über diesen Dr. Vargas de Santamaría?"

„Er ist mir nicht geheuer", antwortete von Deschwanden, „er war langjähriger Professor für Archäologie, erst in Spanien, später hier an der Universität von Malta. Ein ewiger Stubenhocker, der immer gerne daran war, Thesen wie die meine zu verachten. Seit kurzer Zeit aber hat es ihn plötzlich zu den Tempelanlagen verschlagen. Ich habe dem guten Pietro aufgetragen, ihn im Auge zu behalten. Sie meinen er führt etwas im Schilde?"

Ich begann von Deschwanden von den Sarkophagen zu erzählen und von dieser grässlichen Erscheinung, die ich seitdem in den Gesichtern von vielen Menschen sah.

„Dann hatte Pietro doch Recht, als er mir erzählte, dass etwas mit Vargas nicht in Ordnung war, dass er plötzlich wie ein völlig anderer Mensch aussah. Das ist nicht gut, keineswegs."

„Sie teilen also meine Einschätzung", sagte ich.

„Ich hege seit geraumer Zeit die Annahme, dass die Ikinu nicht vollends verbannt wurden, oder dass diese Verbannung mit der Zeit schwächelt. Die Sache ist, wir kommen hier in ein metaphysisches Territorium, wir können all das nicht als eine materielle Frage angehen, sondern müssen es auch als eine Frage der spirituellen Standhaftigkeit des menschlichen Geistes betrachten.

So wie sie es beschreiben würde ich nicht ausschliessen, dass sie das Opfer einer List wurden, dass ihr Wissensdrang schamlos ausgenutzt wurde, um dieses Übel freizusetzen. Sie haben wohl die erste Vorhut dieser abscheulichen Ikinu entfesselt, und Dr. Vargas wird dieses Werk nun vollenden, indem er die Plage der Ikinu über die ganze Welt bringt. Ich bange darum, ob dieses Unheil noch abzuwenden ist."

Ich stand auf und folgte von Deschwanden und Pietro nach draussen, mit der Absicht, zur Ausgrabungsstätte zu fahren, wo Dr. Vargas tätig war, doch wir wurden sogleich von einem erschreckenden Anblick überkommen: Der Himmel war fast vollkommen verdunkelt und einige rotglühende Wolken in Form einer enormen Spirale schwebten scheinbar über der ganzen Insel.

„Das sieht nicht gut aus", sagte ich.

„Womöglich ist es schon zu spät", fügte von Deschwanden hinzu.

6

Wir fuhren in Richtung des Tempelkomplexes von Ḥaġar Qim, doch wie wir uns näherten, wurde die Umgebung immer schauriger. Um uns herum hingen tiefe, rotglühende Gewitterwolken, welche immerzu von hellen Blitzen durchzogen wurden. Ein warmer doch beissender Wind wehte, der immer stärker wurde, und in der Ferne war ein beängstigendes Dröhnen zu hören. Als wir über die letzte Erhöhung vor der Klippe mit den Tempeln fuhren, tat sich uns ein noch abstossenderer Anblick auf als all das, was ich bisher gesehen hatte.

Über den ganzen Tempelkomplex lag eine grauenvolle Präsenz, welche ich, ähnlich dieser Grimasse in den Gesichtern der Leute, gleichzeitig erkannte, ohne sie tatsächlich sehen zu können, als bestünde sie aus all den Elementen der Umgebung, Himmel, Wolken, Meer, Fels und Horizont, die sich zu einer gigantischen dämonischen Figur zusammenfügten. Diese Gestalt schien sich immer weiter auszubreiten und drohte bald, auch uns zu verschlingen.

„Halt ein, Pietro", rief von Deschwanden, „es hat keinen Sinn. Dort lang."

Pietro bog scharf ab, wieder zurück in Richtung der Vororte von Valletta. Er fuhr durch einige der engen Strässchen und hielt dann brüsk auf einem Platz. Von Deschwanden und er sprangen aus den Wagen und deuteten zu mir, dass ich ihnen folgen sollte. Ohne genau zu verstehen, was sie vorhatten, gehorchte ich.

Die Leute auf der Strasse schienen seltsamerweise nichts von alledem zu bemerken, das Phänomen des Himmels und der bedrohlichen Gestalt in der Ferne waren ihnen offenbar nicht aufgefallen.

Ich folgte Pietro und von Deschwanden, die in Richtung einer Kirche liefen, die über diesem Platz thronte. Es war ein antiker Barockbau mit zwei Glockentürmen, welche je zwei übereinander angeordnete

Heiligenstatuen besassen und von einer Balustrade gekrönt waren. Der mittlere Teil der Fassade besass eine enorme Tür zwischen zwei steinernen Säulen, welche einen Balkon trugen.

Wir liefen hastig hinein, und einmal drinnen setzte sich von Deschwanden, der schon ein hohes Alter hatte, auf eine der hölzernen Bänke, um durchzuatmen.

„Was tun wir hier?", fragte ich flüsternd.

„Wir warten", antwortete von Deschwanden.

„Warten? Worauf denn? Wir müssten doch Dr. Vargas aufhalten", sagte ich.

„Nicht so laut", sagte von Deschwanden, „es ist zu spät dafür, wir können nichts mehr tun, ausser uns selbst zu retten. Hier drinnen werden wir das Schlimmste ausharren können. Viele dieser alten Kirchen sind auf eine Art gebaut, dass sie gewisse Energien bündeln, welche die Ikinu vertreiben. Womöglich ist es die Erbschaft von den Kenntnissen, welche die Ikinu seinerzeit verbannt haben."

„Und nun? Warten wir einfach das Ende ab?", fragte ich. Von Deschwanden zuckte mit den Schultern.

„Ich weiss nicht, was nun geschehen wird. Niemand kann das heute noch wissen. Wir werden es abwarten müssen. Alles, was ich ihnen raten kann, ist, dass sie auf sich Acht geben. Hüten und pflegen sie ihren Geist, wie sie es auch mit ihrem Körper tun. Nur so werden sie die Ikinu abwehren können. Ich habe meinen Frieden mit dieser Welt geschlossen, seitdem ich unter der Annahme agiere, dass dieser Moment einstmals eintreffen sollte."

Ich legte bestürzt die Hände auf meinen Kopf und schaute ins Leere.

„Denken sie nicht, mein junger Freund", fuhr von Deschwanden fort, „dass dies irgendwie ihr Tun ist, was nun geschieht. Die Welt hat dieses Übel über sich selber gebracht. Die spirituelle Verwahrlosung, die Kultivierung von Unglauben, das Verharren am Materialismus. Es ist all das, was den Nährboden der Ikinu gebildet hat. Es war nur eine Frage der Zeit, bis sie sich verwirklichen würden. Die Welt beginnt nun ein dunkles Zeitalter."

Wir blieben den ganzen Tag und die ganze Nacht in dieser Kirche, durch die Fenster konnten wir sehen, wie sich nach und nach die bedrohlichen Wolken verzogen. Doch der Schein von Normalität trog, denn sogleich wie ich auf die Strasse lief, bemerkte ich in fast allen Menschen das grauenvolle Antlitz der Ikinu.

Ich bedankte mich bei Erwin von Deschwanden für seine Hilfe und Unterstützung, bevor ich meinen Weg zurück zu meiner Heimat unternahm. Er selber hatte mir geraten, mir so bald wie möglich einen Rückzugsort zu suchen, denn bald schon würden die von den Ikinu besessenen Menschen spirituell ausgelaugt sein, und ihr Verhalten würde immer unberechenbarer und aggressiver werden.

Eine Weile harrte ich in meiner Wohnung aus, bis ich schliesslich den Mut fand, dieser nunmehr verkommenen Welt zu entsagen und das Kloster von Rapperswil aufsuchte, wo kein einziger der Mönche in seinem Gesicht den Schein der Ikinu trug. Wenig darauf begann ich mein Noviziat.

So nun verabschiede ich mich mit dieser Schrift als mein Vermächtnis von der Welt. Womöglich hatte von Deschwanden Recht, und ich habe nicht zu verschulden, was geschehen ist, sondern die Welt brachte es auf sich selber. Es ist nun an mir, meine eigene Welt in diesem bescheidenen Kloster zu finden, und so hoffe ich, bald mein Gelübde abzulegen, mit welchem ich auch all das, was zuvor geschehen ist, wie ein schweres Joch, das ich mit mir trage, werde ablegen können.

HINTER DEM EISWALL

Vermisster Forscher für tot erklärt

Der Anthropologe Anton Leu, einstmals Forscher an der Universität Thurikon, und welcher seit fünf Jahren als vermisst gilt, wurde diese Woche von den Behörden rechtlich für tot erklärt. Leu war vor fünf Jahren während einer Forschungsexpedition im Süden Chiles verschwunden, man geht davon aus, dass er auf hoher See verunglückt ist.

Anton Leu war in der Forschung antiker Anthropologie und Archäologie an der Universität Thurikon tätig, wo er vor allem mit Professor Grebenschtschikow, der für seine wirren Theorien über die frühzeitige Entwicklung der menschlichen Zivilisation bekannt ist, zusammengearbeitet hatte. Leu hatte seine verunglückte Expedition eigenständig mit Unterstützung eines exzentrischen Milliardärs unternommen, wobei die Einzelheiten über die Forschung nicht öffentlich kommuniziert worden waren.

Nachdem Leu über mehrere Wochen kein Lebenszeichen von sich gegeben hatte, wurde eine aufwendige Suchaktion durch die chilenische Marine gestartet, welche aber erfolglos blieb. Nachdem seit nunmehr fünf Jahren kein neues Indiz aufgetaucht ist, haben es die Behörden für angemessen empfunden, den Fall zu schliessen und Anton Leu für verstorben zu erklären.

- Meldung aus der Zeitung „Der Bote von Thurikon"

1. BRIEF
AN PROFESSOR GREBENSCHTSCHIKOW (UNDATIERT)

Sehr geehrter Professor Grebenschtschikow,

Da ich nun mehr als genug Zeit habe, kann ich endlich dazu kommen, ihnen in einigen Briefen ausführlich meine Erlebnisse zu schildern, welche mich schlussendlich über viele Mäander des Schicksals in meine jetzige Situation eines entfernt liegenden Rückzugs brachten. Ich sage offen, dass es zwar durch einige ihrer Lesungen war, dass ich diesen Weg einschlug, doch keineswegs will ich ihnen zur Last legen, irgendwelche Verantwortung zu tragen für Entscheidungen, welche letzten Endes von mir allein getroffen wurden. Es würde sicherlich von einem schlechten Verständnis ihres Unterrichts zeugen, wenn ich ihre wichtigste Lektion missachten, nämlich dass die Erkenntnis lediglich dem Faktum folgt, und wir Menschen in unserer Subjektivität, Emotionalität, Irrationalität und schliesslich, ja, Menschlichkeit, damit nach unserem Belieben umgehen werden.

Das Geschehen, von welchem ich ihnen berichten will, hatte, so abstrus das auch tönen mag, seine tatsächlichen Ursprünge bei einem Besuch in der Psychiatrie. Doch wie sich dieser ergab, möchte ich gleichwohl zuerst ausführen: Es war infolge ihrer Lesung über die Forschungen von Johann Larsen Søndergaard und seiner Expedition an die Antarktis. Sie erinnern sich bestimmt, mit welcher Leidenschaft sie uns erklärten, dass Søndergaard geradezu besessen war von der Karte des Piri Reis und der vermeintlich längst widerlegten These, dass diese den Küstenverlauf der Antarktis zeige.

Sie erklärten uns, dass Søndergaard, anstatt wie andere Forscher sich auf die Geographische Frage zu begrenzen, stattdessen der Herkunft der Piri-Reis-Karte nachging, welche selber die Erwähnungen darüber beinhaltet, aus anderen Karten zusammengestellt zu sein, im Falle dieser seltsamen *terra australis* aus Karten von portugiesischem Ursprung. Sie beliessen die Erwähnung Søndergaards als eine Anekdote, doch ich war von seiner Figur ergriffen, und traf die Entscheidung, mich weiterhin mit diesem Menschen auseinanderzusetzen.

In seiner Besessenheit über die Piri-Reis-Karte versuchte Søndergaard die Herkunft der ursprünglichen Karten, welche Grundlage der Piri-Reis-Karte gewesen waren, nachzuverfolgen. In vielen Fällen konnte er in Erfahrung bringen, bei welchen Entdeckungsreisen die jeweiligen Karten gezeichnet worden waren. Bloss für eben jene Sektion welche zumal als *terra australis* identifiziert worden war, also die, die mutmasslich die Antarktis darstelle, war auf der Karte keine angemessene Quelle erwähnt.

Søndergaard suchte den Ursprung der Piri-Reis-Karte bei einem Besuch im Topkapı-Palast in Istanbul auf, wo er sich weiterführende Informationen erhoffte. Tatsächlich wurde ihm Zugang zu einigen Dokumenten gewährt, welche Anhänge zur Piri-Reis-Karte beinhalteten, die um die Zeit der Entdeckung der Karte 1929 zusammengestellt wurden. Alle möglichen Nachforschungen aus der Zeit waren dort eingetragen, darunter auch die vermutete Quelle für den südlichen Teil der Karte: João Lourenço Pereira da Silva, der ein portugiesischer Seefahrer des späten 15. und frühen 16. Jahrhunderts gewesen wäre.

Doch auch nach dieser Entdeckung verliefen die Nachforschungen harzig, da dieser Name in keiner handelsüblichen Auflistung portugiesischer oder spanischer Seefahrer Erwähnung fand. Erst die direkte Anfrage bei der Universität von Coimbra in Portugal brachte Søndergaard weiter, als man ihm anbot, die wenigen Aufzeichnungen über João Lourenço Pereira da Silva einzusehen, welche dort im Archiv beherbergt waren.

Die Geschichte um den Seefahrer Pereira da Silva schaffte allerdings kaum Klarheit, sondern warf wohl mehr Fragen auf, als sie beantwortete: Pereira da Silva unternahm eine Entdeckungsreise im Jahre 1503, im Anschluss an die Expedition des Amerigo Vespucci, mit der Absicht die südlichere Region zu der, welche von Vespucci entdeckt worden war, zu erforschen. Hierfür stach Pereira da Silva mit vier Karavellen, deren Namen nicht überliefert sind, in See. Die Expedition verlief anfangs erwartungsgemäss, sie erreichten die Mündung des Río de la Plata, von wo aus sie sich weiter nach Süden in Richtung Feuerland machten. Als sie dieses bereits erreicht hatten, gerieten sie in einen schweren Sturm. Zwei der Karavellen versanken infolge des Aufpralls mit einigen Felsen, eine weitere konnte sich retten, die letzte, welche von Pereira da Silva befehligt wurde, blieb verschollen, und man ging davon aus, dass sie ebenfalls gesunken sei. Die Karavelle, welche sich hatte retten können, kehrte 1505 nach Portugal zurück.

Vollkommen unerwartet erscheint dann im Jahre 1511, sieben Jahre nach der Rückkehr der Überlebenden der Expedition, Pereira da Silva mit seiner unversehrten Karavelle in Kap Verde. Pereira da Silva erwähnt keinen Schiffbruch oder sonstige Katastrophe, sondern erklärt lediglich durch den Sturm vom Kurs abgekommen zu sein, und nach der Auskundschaftung der hiernach angetroffenen Landmasse wieder zurückgekehrt zu sein, als ihre Vorräte zur Neige gingen. Anfangs glaubt man ihm nicht einmal, dass er der sei, für den er sich ausgibt, bis er einen Brief mit königlichem Siegel vorweist, welcher ihm seine Expedition beauftragt. Als Pereira da Silva erfährt, dass man ihn seit sieben Jahren vermisst und für tot hält, und dass man nun schon das Jahr 1511 schreibt, kann er wiederum nicht glauben, was man ihm sagt.

Er gibt gegenüber dem *corregedor* von Kap Verde, Pêro de Guimarães, zu Protokoll, und dieses ist überliefert, was ihm zu Folge geschehen ist: Ein heftiger Sturm, welcher mehrere Tage anhält, treibt sie fast stetig gen Süden über eine raue See, welche ihn mehrmals um das Schiff bangen lässt. Als dieser Sturm sich endlich legt, erspäht der Ausguck südlich von ihnen Land. In der Annahme, dass dies weiterhin der südamerikanische Kontinent sei, nähern sie sich der Küste.

Die Ausführungen Pereira da Silvas werden von hieran immer seltsamer. Er spricht erst von einem kargen und von Menschen scheinbar unbewohnten Land, welches sie vorfinden. Sie folgen eine Weile lang der Küste und kartographieren diese, obgleich zu diesem Zeitpunkt der Navigator Probleme hat, ihre Position zu schätzen, da seine Messungen immerzu gegensätzliche Ergebnisse liefern, als hätten sich Sonne, Erde und Sterne kontinuierlich in ihrer Position auf unerklärliche und unverständliche Art verschoben. Auch der Schiffskompass ist plötzlich unbrauchbar, da die Nadel sich ständig in unterschiedliche Richtungen bewegt. Alarmiert von dieser Situation will Pereira da Silva den Weg zurück nach Norden einschlagen, welchen sie anhand der Sonne ungefähr abschätzen können, doch als sie dies versuchen, treffen sie nach kurzer Zeit auf einen riesigen Eiswall, der ihnen den Weg versperrt.

Sie machen wieder kehrt in Richtung der Küste, von welcher sie erwarten, dass sie entlang dieser bis zu einem bekannten Teil Südamerikas segeln können. Pereira da Silva beschreibt das Land, welches sie dann antreffen, als eine völlig unerklärliche Erscheinung, welche jeglicher Logik der Realität widerspricht; der Horizont verschmilzt sich mit dem Meer, das Land krümmt sich unter ihnen hindurch, die Berge wachsen vom Himmel hinunter auf die Erde. Er wäre überzeugt gewesen, dass er halluziniere, wenn seine Mannschaft nicht genau das gleiche gesehen hätte.

Über das Land hinweg sieht er eine endlose Ferne, die sich bis ins Firmament hinauf beugt, und der Navigator meint, in dieser Ferne die bekannten Umrisse anderer Kontinente zu sehen, welche eigentlich tausende Seemeilen von ihnen entfernt sind. Derweil ist der beissend kalte Wind, der sie zuvor begleitet hatte, völlig verschwunden, die Temperatur ist angenehm, fast schon warm, das Meer ist so ruhig, dass das Wasser wie in einem Teich völlig glatt ist, ohne auch nur die kleinste Welle. So ruhig ist plötzlich die See, dass sie das Schiff mit dem Beiboot schleppen müssen, um überhaupt vorwärts zu kommen. Nach einiger Zeit nehmen diese Erscheinungen ein Ende, der kalte Wind tritt wieder auf, die See wird rauer. Als der Kompass wieder ein normales Verhalten zeigt, nehmen sie Kurs in Richtung Norden, da ihre Vorräte knapp werden. Sie erspähen noch ein letztes Mal den grossen Eiswall, diesmal aber hinter ihnen in weiter Ferne. Sie erreichen alsbald die

Westküste Patagoniens, welche sie bereits kartographisch aufgezeichnet hatten. Von dort aus machten sie sich auf den Weg zurück.

Für diese Umwege schätzt Pereira da Silva ziemlich genau sechzehn Monate, zuzüglich der Zeit für die Rückreise von Südamerika bis Kap Verde. Immerhin hatten ihre Vorräte, beholfen von etwas Fischerei, gerade noch für die Rückfahrt gereicht. Es wäre unmöglich gewesen, dass diese Vorräte sieben Jahre überdauert hätten.

Die Karten, welche während dieser Zeit von Pereira da Silvas Kartenzeichner erstellt wurden, stellen sich als wenig nützlich heraus. Der Kartenzeichner versuchte, so lange es ging, die vorgefundene Küste zu zeichnen, welche aber wegen der fehlenden Messungen des Navigators kaum in Bezug auf den Rest des bis dahin entdeckten südamerikanischen Kontinents einzuordnen ist, was die Kartographierung der Küstenlinie wenig brauchbar macht. Die Skizzen, die von den unerklärlichen Erscheinungen gemacht werden, welche Pereira da Silva in seinen Ausführungen beschreibt, werden ebenfalls als vollkommen unbrauchbar gesehen und sind nicht überliefert.

Pereira da Silvas Entdeckungsreise wird in der Folgezeit wenig Beachtung geschenkt. Eine kurze Zeit lang nimmt man in Portugal an, er hätte womöglich durch Zufall einen sehr südlichen Teil des Kontinents entdeckt, doch nach der Weltumrundung von Magellan, welche schliesslich die Südspitze des amerikanischen Kontinents erforscht, ohne irgendetwas in der Art von Pereira da Silvas Beschreibungen zu entdecken, werden seine Erkenntnisse vollends verworfen. Vom späteren Leben Pereira da Silvas ist nichts bekannt, ausser dass er sich nach Faro zurückzog und nicht mehr zur See fuhr.

Die ursprünglichen Karten von Pereira da Silva sind nicht erhalten, da man ihnen keine grössere Bedeutung zuschrieb, jedoch muss der osmanische Seefahrer Piri Reis diese wohl seinerzeit als Grundlage für seine Weltkarte herangezogen haben. Das bizarre Erlebnis vom Verschwinden von Pereira da Silva, seinem Schiff und seiner Besatzung, und seine sieben Jahre spätere Rücker gerät, da sie so vollkommen unerklärlich ist, als historische Randnotiz in Vergessenheit, wohl weil kaum jemand gewusst hatte, wie diese Erzählung zu deuten war, oder ob Pereira da Silva möglicherweise darüber gelogen hatte, und die Zeit bei einigen der freundlicheren eingeborenen Stämme Südamerikas verbracht hatte.

Søndergaard war von der Geschichte des Pereira da Silva fasziniert und begann eine Recherche um herauszufinden, was sich auf dieser schicksalhaften Expedition tatsächlich zugetragen hatte. Doch leider verfiel Søndergaard während, oder möglicherweise infolge seiner Forschungen einer hoffnungslosen Geisteskrankheit, weshalb er, kaum noch zurechnungsfähig, in die Psychiatrie Burghölzli eingeliefert wurde und dort den Rest seines Lebens verweilte.

Diese Forschungen sowie die letztliche Einlieferung Søndergaards fanden in den späten sechziger Jahren statt, und ich nehme an, dass ihnen wohl selber nicht bewusst war, dass Søndergaard noch bis zum heutigen Tag in jener Psychiatrie verweilt, nun schon in einem Alter nahe der neunzig Jahre. Die Geschichte von Søndergaard liess mich nicht los, womöglich aufgrund der Unschlüssigkeit dieser Geschehnisse welche, gerade da, wo sie auf einschlägige neue Erkenntnisse zusteuerten, ein jähes Ende nehmen. Ich entschloss mich also unvernünftigerweise, Søndergaard aufzusuchen und ihn selber nach seinen Forschungen auszufragen, in der Hoffnung, die langen Jahre seitdem hätten ihm gewisse Klarheit erlaubt.

2. BRIEF
AN PROFESSOR GREBENSCHTSCHIKOW (UNDATIERT)

Sehr geehrter Professor Grebenschtschikow,

Meine Recherchen zu Johann Larsen Søndergaard hatten mich also zur psychiatrischen Klinik Burghölzli, nahe Zürich geführt, wo Søndergaard bis zu diesem Tage verweilte. Die Ärzte waren nicht im Geringsten von meiner Anfrage, Søndergaard treffen zu dürfen, fasziniert, doch angesichts der Tatsache, dass dieser arme Greis seit Jahren keinen Besuch mehr bekommen hatte, erlaubten sie mir schliesslich kurzzeitig mit ihm zu konversieren, solange wie ich ihn mit meinen Fragen nicht in Erregung versetzte.

Mein erster Eindruck von Søndergaard war der eines besonnenen, wenn auch zerstreuten alten Herren. Seine Erscheinung war hager, doch er besass noch immer die Statur eines gross gewachsenen Mannes. Ich traf ihn, wie er auf einem Sessel ein Bildband von Naturphotographien betrachtete, was, gemäss dem Arzt, der mich zu ihm führte, eine seiner liebsten Beschäftigungen war, welche sich auch sehr beruhigend auf ihn auswirkte. Vorsichtig nahm der Arzt ihm den Bildband aus den Händen während er Søndergaard mit langsamer Aussprache und sanfter Stimme erklärte, ich sei gekommen, um mit ihm zu sprechen. Søndergaards Blick fiel erst auf den Arzt, dann auf mich, wie der Blick von jemandem, der nicht ganz verstand was ihm gesagt wurde. Doch der alte Mann blieb zunächst ruhig, ich streckte ihm zur Begrüssung die Hand aus, zögerlich tat er es mir gleich und liess sich von mir die Hand schütteln.

Ich begann damit, Søndergaard über den Bildband zu fragen, welchen er zuvor betrachtet hatte. Er sprach mit einem Ausdruck, der mich an ein Kind erinnerte, mit kurzen, einfachen Sätzen und begrenztem Wortschatz. Auch hatte er beim Sprechen einen leichten skandinavischen Akzent beibehalten. Ich schaffte es, Søndergaards Sympathie zu gewinnen, und begann, die Konversation in Richtung seiner Forschungen über die Antarktis zu lenken. Dann, von einem Moment auf den anderen, änderte sich seine Miene. Anstatt freundlich auf mich einzugehen, zeugte sein Ausdruck von unbeschreiblichen Grauen, sein Blick ging in der Höhe verloren. „Der Eiswall", sagte er immer wieder, zwischen kurzen, inkohärenten Sätzen, in welchen er die deutsche Sprache mit der Dänischen vermischte. „Der Eiswall, ich sah ihn, er endet nicht", sagte er. „Die Geographie unmöglich, das Land kann nicht sein. Ich bin verloren. *Hvilken verden er dette? Hvilken verden er dette?"* Letzteres konnte ich gerade so im Kopf behalten und liess es mir später übersetzen: „Welche Welt ist das?"

Daraufhin stand Søndergaard auf, begann ziellos umherzulaufen, bis er einfach in eine Wand lief, als wäre er blind und sähe sie nicht. Ein Krankenwärter bekam das mit, und lief sofort hin, um ihn zu halten, dass er sich nicht verletze. Kurz darauf bat mich der Arzt in strengem Ton, dass ich gehen möge.

Die folgenden Tage wusste ich kaum weiter, denn ich ahnte, dass man mich zumindest vorerst nicht wieder zu Søndergaard lassen würde, und ich bezweifelte auch, ob ich von diesem Herren überhaupt noch etwas brauchbares erfahren könnte. Doch zu meiner Überraschung bekam ich nur drei Tage nach meinem Treffen ein Telefonat. Am Apparat hörte ich den Arzt aus Burghölzli, der mich bat, ob ich in kürze dort erscheinen könnte. Ohne grosse Fragen zu stellen, begab ich mich noch am selben Tag dorthin.

Das Treffen mit Dr. Burkhardt war sehr unangenehm. Er bat mich zu sich ins Büro und begann mich auszufragen, worüber ich mit Søndergaard gesprochen hätte und woher ich ihn kannte. In vollendeter Ehrlichkeit erklärte ich ihm, was ich den alten Mann gefragt hatte, und dass ich ihn infolge der Vorlesung von Professor Grebenschtschikow aufgesucht hatte. Immer wieder bohrte Dr. Burkhardt nach, ob ich keine weitere Beziehung zu ihm hätte, bis ich schliesslich irritiert fragte, warum er das denn von mir wissen wolle. Anschliessend eines langen

Seufzers sagte er schliesslich, dass Søndergaard an diesem Morgen unerwartet verstorben war. In den drei Tagen anschliessend meines Besuches hatte er um seine alten Forschungsunterlagen gebeten, welche in einigen Kisten im Keller gelagert wurden, nachdem seine Wohnung vor vielen Jahren geräumt wurde, da man davon ausgegangen war, dass er die Psychiatrie nicht mehr verlassen würde.

Die letzten drei Tage hatte Søndergaard nicht aufgehört, durch diese Unterlagen zu schauen, hatte Notizen gemacht, Papiere aussortiert. Als man ihn dann an diesem Morgen tot auffand, lag neben ihm eine Mappe, auf welche er meinen Namen geschrieben hatte. Dr. Burkhardt war mir alles andere als freundlich gesinnt, doch da er von keiner näheren Familie Søndergaards wusste, blieb ihm kaum eine andere Wahl, als mir diese Mappe zu übergeben, da sie, so musste er annehmen, wohl für mich bestimmt war.

Er holte den prall gefüllten Ordner aus seiner Schreibtischschublade und übergab ihn mir. Tatsächlich war in kritzeliger Schrift mein Name drauf geschrieben. Dann verabschiedete sich Dr. Burkhard hastig und trocken von mir, und liess mich nach draussen führen.

Die folgenden Tage begann ich die Unterlagen, die Søndergaard mir vermacht hatte, in Augenschein zu nehmen, was durchaus kein Leichtes war, denn sie waren wirr und ungeordnet, eine Anhäufung unvollständiger Notizen vermischt mit vollgekritzelten Karten. Nach und nach begann ich Ordnung zu schaffen, indem ich auf fast schon forensische Art und Weise die Forschungsreise Søndergaards rekonstruierte.

Søndergaard stach früh im Jahr 1968 auf dem chilenischen Forschungsschiff Piloto Luís Pardo in See, als Teil einer Expedition, die von der Universität Thurikon in Zusammenarbeit mit der Universität von Santiago de Chile und mit Unterstützung der chilenischen Marine organisiert wurde. Hierbei sollten unterschiedliche Bereiche rund um die Antarktis erforscht werden, wie die klimatische Entwicklung, die Tierwelt, die Meeresströmungen, und so weiter. Søndergaard war als einziger für die Ermittlung geographischer Daten dabei, ein Bereich, dessen Recherche nur widerwillig akzeptiert wurde, da er bereits als weitgehend redundant galt. Nach meinem Wissen waren sie es, Professor Grebenschtschikow, der sie sich als erst neulich eingetroffene Lehrkraft der Universität Thurikon für Søndergaards Teilhabe an dieser Forschungsexpedition eingesetzt haben.

Nachdem die Expedition von Punta Arenas abgelegt hatte, machte sie ein paar Tage darauf einen kurzen Zwischenhalt an der King George Island, wo die Wetterstation Presidente Eduardo Frei Montalva beliefert wurde. Nur wenig später erreichten sie die antarktische Halbinsel. Sie fuhren eine Weile durch das Wedellmeer entlang der Halbinsel, wo die Landschaft mit ihren grauen Bergen, die von Schnee bedeckt und von Gletschern durchzogen waren zumindest noch entfernt an eine übliche Landschaft unseres Planeten ähnelte. Dies änderte sich als sie den Eiswall erreichten.

Am südlichen Ende der Bucht tat sich nunmehr der gigantische Eiswall vor ihnen auf, um die fünfzig Meter hoch reichte der Eisschelf, wie eine unwirkliche weisse Mauer, welche, fast völlig unüberwindbar, unsere Welt abzugrenzen schien.

Seitdem die Expedition ausgelaufen war, hatte Søndergaard begonnen, geographische Messungen vorzunehmen, teils mit den vergleichsweise Rudimentären Mitteln eines Sextanten und eines Kompasses. Ebenfalls führte er moderne Karten mit sich, mit welchen er anschliessend seine eigenen Messungen verglich. Noch so lange wie sie an der antarktischen Halbinsel entlangfuhren, stimmten alle seine Messungen mit den Karten überein. Doch beim Erreichen des Eiswalls ennet des Wedellmeeres bemerkte er die ersten Abweichungen. Da diese nicht übermässig bedeutsam waren, tat er sie lediglich als Resultat seiner ungenauen Messungen ab, was durchaus nicht unerhört war. Doch je weiter sie gen Osten fuhren, umso stärker wurden die Abweichungen, bis sie eventuell auch nicht eine annähernde Übereinstimmung mehr mit den Karten aufwiesen.

Søndergaard hatte die Positionen seiner Messungen auf der Karte eingetragen und miteinander verbunden, um so den gefahrenen Kurs zu markieren. Die späteren Messungen verliefen aber in Richtung des Festlandes, formten eine seltsame Kurve durch das Festland der Antarktis hindurch in einem unerklärlichen hin und her. Zu diesem Zeitpunkt musste Søndergaard annehmen, dass seine Messungen nicht korrekt gewesen wären, womöglich weil aufgrund des extrem südlichen Breitengrades seine Instrumente nicht richtig zum Einsatz kamen. Doch als sie die Amundsenbucht als Endpunkt der Expedition erreichten, deuteten auch Søndergaards Messungen wieder korrekt dorthin, wenn auch in Anschluss an einen unmöglichen Kurs, welchen sie zuvor abgezeichnet hatten.

Die Amundsenbucht bot einen Unterbruch der scheinbar endlosen Wand aus Eis, entlang welcher sie bis dorthin gefahren waren. Sie konnten mithilfe kleiner Boote an Land gehen, und die Expedition machte sich daraufhin auf zur sowjetischen Molodjoschnaja-Station, welche sich einige hundert Meter landeinwärts befindet, bevor die Rückreise angegangen wurde. Søndergaard hielt erst an der These fest, dass er die Messungen wohl falsch durchgeführt hatte und deshalb solche bizarren Resultate erhielt. Er erwartete, dass auf der Rückreise die Messungen dann ebenfalls die gleichen Fehler aufzeigen würden. Als sie sich von der Amundsenbucht wieder entfernten, führte Søndergaard seine Messungen weiter. Er hatte bereits erwartet, dass seine Messungen abweichen würden, nun aber zeigten sie einen völlig anderen Verlauf an als auf der Hinfahrt. So sehr verunsicherte diese Messung Søndergaard, dass er den chilenischen Navigator des Schiffes, Arnaldo Correa Márquez bat, selber nachzumessen, woraufhin dieser das gleiche Resultat bekam.

Søndergaard erwähnt in seinen Notizen die Reaktion von Correa Márquez, welcher zuerst amüsiert darüber war, auf altmodische Weise die Position nachzumessen, doch nach und nach gehässiger wurde, als Søndergaard darauf bestand, dass diese Position gar nicht möglich sein konnte, obgleich sie wiederholt korrekt ermittelt worden war. Schliesslich wies ihn Correa Márquez lautstark darauf hin, ihn nicht weiter zu belästigen.

Gemäss seinen Aufzeichnungen schien Søndergaard lange über diese Messungen gebrütet zu haben, Seite um Seite waren endlose Zahlen und Rechnungen aufgeführt, mit welchen ich nicht viel anfangen konnte, da ich mich mit solchen Vermessungen kaum verstehe, doch

Søndergaard hingegen schien doch zu einem bedeutenden Schluss gekommen zu sein, nachdem er begann, seine Messungen mit der vermeintlichen Antarktis auf der Piri-Reis-Karte zu vergleichen. Hier sieht er plötzlich eine Übereinstimmung mit den Windstrahlen, die auf dieser Karte eingezeichnet sind. Søndergaard theorisiert, dass der Karte, die von Pereira da Silvas Kartenzeichner angefertigt wurde, ebendiese falschen Messungen zu Grunde lagen, und sie folglich anstatt der tatsächlichen Geographie eine verfälschte zeigen. Dies wäre, so Søndergaard, der Grund gewesen, dass die Vermessungen von Pereira da Silva bis anhin nicht nachvollziehbar gewesen wären, da sie von einer verzerrten Referenz ausgingen. Am Ende seiner schier endlosen Zahlenakrobatik war schliesslich eine Koordinate auffällig markiert. Diese Koordinate deutete auf einen scheinbar völlig willkürlichen Punkt des Eiswalls hin.

Søndergaard verlangte beharrlich, diesen Ort näher zu prüfen. Die Leitung der Expedition weigerte sich erst, gab aber schliesslich ein und erlaubte ihm, da das Wetter durchaus ruhig war und keinerlei Stürme erwartet wurden, mit einem der der Motorboote, welche das Schiff mit sich führte, diesen Ort zu erforschen. Sie gaben ihm dafür vierundzwanzig Stunden Zeit, während Proben für die Biologieforschung entnommen wurden. Die ganze Expedition umzuleiten, kam nicht in Frage. Die Aufzeichnungen Søndergaards enden kurz danach mit einigen Notizen darüber, dass er wohl erwartete, eine Spalte im Eiswall zu finden. Weshalb er zu diesem Schluss kam, und was er schliesslich auffand, ist nicht notiert.

Das weitere Geschehen ist aus den zeitgenössischen Berichten zu entnehmen: Søndergaard kehrte nach vierundzwanzig Stunden nicht zurück, weshalb man sich auf die Suche nach ihm machte, allerdings erfolglos. Als das Wetter sich verschlechtert, muss die Expedition wohl oder übel weiterziehen. Søndergaard wird als vermisst gemeldet und nachfolgende Forschungs- und Versorgungsschiffe werden angewiesen, nach ihm Ausschau zu halten. Nachdem aber Mitte des Jahres 1968 der Antarktische Winter einbricht, erwartet man nicht mehr, ihn lebend wiederzufinden.

Dann ende Jahr, als der Winter zu Ende geht und die Versorgungsschiffe wieder die Stützpunkte in der Antarktis anfahren, kommt überraschend die Meldung vom australischen Schiff MV Nella Dan, dass sie ein kleines Boot im Wedellmeer treibend aufgefunden hätten. Unter grossem Erstaunen entdecken sie den einzigen Insassen, Johann Larsen Søndergaard, etwas ausgehungert aber noch lebend auf, allerdings kaum zurechnungsfähig. Er murmelt lediglich auf Dänisch vor sich hin. Erst meint man, er sei angeschlagen, nachdem er monatelang im antarktischen Meer getrieben haben muss, doch auch nachdem er sich erholt hat, kehrt seine geistige Klarheit nicht zurück, und Søndergaard wird in die Psychiatrie Burghölzli eingeliefert, wo er den Rest seines Lebens verbringen würde.

3. BRIEF
AN PROFESSOR GREBENSCHTSCHIKOW (UNDATIERT)

Sehr geehrter Professor Grebenschtschikow,

Ich hatte nun also die verhängnisvolle Expedition Søndergaards, wie auch seine vorherigen Forschungen, in nachvollziehbarem Detail rekonstruieren können, doch das Bild, das sich mir auftat, war mit jeder neuen Einzelheit nur seltsamer und unverständlicher geworden. So werden sie wohl nachvollziehen können, dass ich, als gewissenhafter Student von ihnen, der noch ihren alten Leitspruch *Cognitio pro scientia* zu Herzen genommen hatte, nun den endgültigen Antworten auf diese Fragen nachgehen müsste, wenn auch nur um des Wissens Willen.

Zugegeben, es war keineswegs ein leichtes Unterfangen. Ich wusste sofort, dass keine gewöhnliche Institution genug Wert auf meine Erkenntnisse legen würde, als dass eine aufwendige Expedition ans Ende der Welt in Kauf genommen würde. Eine lange Zeit über suchte ich verschiedenste Winkel dieser Erde ab, um gleichgesinnte Geister zu finden, welche für bedeutsam empfinden würden, diese Forschungen zu Ende zu bringen.

So fand ich mich in Buenos Aires wieder, in einem alten Teehaus in der Calle Presidente Vicente López, die Art von Lokal, welche alle Anzeichen von einstigem Ruhm und Prestige besass, die nun aber unter vielen Schichten von Zerfall und Dekadenz verhüllt waren, und wo mir ein ziemlich schlecht gelaunter Kellner einen Schwarztee aufgoss, während ich jenes übermässig süsse Gebäck der Argentinier verkostete. Ich kannte nicht einmal den Namen des Herren, der mir gegenübersass. Er war mittleren Alters, von etwas dunklerem Teint als ich selber, übergewichtig und mit einem buschigen Schnurrbart im Gesicht. Auf dem Kopf hatte er nur wenige Haare, welche er schmierig über die Glatze gekämmt hatte. Er war brieflich auf mich zugekommen, doch ohne dass ich wirklich wüsste, woher er von mir gewusst hatte. Seinen Namen wollte er nicht verraten, garantierte mir aber, dass er einen sehr einflussreichen Geschäftsmann aus Mexiko vertrat, welcher sich für meine Forschungen interessierte. So suspekt mir das Ganze auch vorkam, liess ich mich trotzdem mitreissen, in der Gewissheit, nichts zu verlieren zu haben, ausser meiner Zeit.

Der Mann erklärte mir, sein Chef sei mit einem erfolgreichen Import-Export Unternehmen zu grossem Reichtum gekommen, und wolle sich deshalb philanthropisch als Mäzen von Kunst und Wissenschaft engagieren. Hierbei hätte er meine Forschungen, welche ich ihm bereits hatte zukommen lassen, für durchaus interessant befunden. Ich erklärte, dass es meine Absicht war, eine Forschungsexpedition zur Antarktis zu unternehmen, und führte in etwa auf, was ich dafür benötigte. Überraschenderweise notierte der Mann lediglich all das und sagte mir, dass er sich in ein paar Tagen bei mir melden würde.

Ich hatte im Grunde nicht wirklich damit gerechnet, jemals eine Rückmeldung zu bekommen, und war schon dabei, mich für meine Abreise vorzubereiten, als überraschend das Telefon läutete und am anderen Ende der Leitung die Stimme dieses geheimnisvollen Mannes war, welche mir sagte, dass ich innerhalb einer Woche in der Hafenstadt Ushuaia sein sollte, um die Expedition anzugehen. Ich brauchte eine Weile, um zu realisieren, dass die Unternehmung welche ich seit Monaten versuchte auf die Beine zu stellen, und für welche ich fast schon jede Hoffnung verloren hatte, sich nun tatsächlich materialisieren würde.

Ich erhielt brieflich weitere Anweisungen und machte mich daraufhin auf nach Ushuaia, weit im Süden Argentiniens, wo ich schliesslich am Hafen den Mann traf, mit dem ich in Buenos Aires gesprochen hatte. Er offenbarte auch zu diesem Zeitpunkt nichts Weiteres über sich oder den geheimnisvollen Geldgeber, der diese Expedition finanzierte, sondern führte mich lediglich zum Schiff, mit welchem ich die Antarktis erreichen sollte. Der Anblick war wenig berauschend, ein altes Schiff für Hochseefischerei musste herhalten, und dieses auch nicht gerade im besten Zustand. Es war etwas über dreissig Meter lang, hinten ein Steuerhaus mit zwei Decks, vorne zwei Kräne, die wohl für die Handhabung von Fangnetzen gedacht waren. Die einstige blaue Farbe blätterte an vielen Stellen ab und enthüllte viele rostige Stellen.

„Es sieht nach wenig aus, aber sie können mir vertrauen, dieses Schiff wird sie zu ihrem Ziel bringen", sagte der Mann.

Vier Mann Besatzung erwarteten uns an Bord, Kapitän Valdés, erster Offizier Guzmán Huerta und Maschinist Moreno. Keiner dieser Herren machte einen vertrauenswürdigen Eindruck. Kapitän Valdés, unrasiert und mit einem Zigarettenstummel im Mundwinkel, grüsste mich mit einem Grunzen, die anderen Beiden standen lediglich herum und musterten mich misstrauisch. Man führte mich zu einer ziemlich engen Kajüte, in welcher es lediglich ein Bett sowie einen kleinen Holztisch und einem einfachen Stuhl gab. Im Gegensatz zum Bullauge, welches von aussen so verdreckt war, dass ich kaum etwas hindurch sehen konnte, war der Raum überraschend reinlich. Das Gepäck liess ich erst mal auf dem Bett liegen, um nachher irgendwie Platz für meine Sachen zu machen.

Nur wenig später, nachdem die weitere Kommunikation bei meiner Rückkehr mit dem geheimnisvollen Mann geklärt war, und dieser der Besatzung die letzten Anweisungen gegeben hatte, legten wir ab. Die Besatzung sprach kein Englisch, somit musste ich mit meinen wenigen Worten spanisch irgendwie zurechtkommen. Mein Eindruck war, die Besatzung seien ebenfalls Mexikaner, doch sie waren allesamt nicht gesprächig, wodurch ich nie viel über sie in Erfahrung bringen konnte. Ich redete lediglich mit dem Kapitän, um ihm die Anweisungen zu unserem Kurs zu geben, welche er mit einem kurzen nicken absegnete.

Die ersten zwei Tage Überfahrt durch die Drakestrasse war die See nach meinem Empfinden ziemlich rau. Die Besatzung schien sich aber nicht viel aus den mehreren Meter hohen Wellen zu machen. Es war wenig beruhigend, dass am Abend auf der Brücke fleissig Tequila getrunken wurde, aber ich wagte es nicht, dies überhaupt anzusprechen. Es schien mir weiser, mich mit diesen zwielichtigen Gestalten so gut wie möglich zu verstehen, erst recht, wenn sie einige Gläser von ihrem mexikanischen Schnaps intus hatten. Wir waren immerhin bis hierhin gekommen, ohne unterzugehen. Als man mir ebenfalls ein Glas anbot, nahm ich es dankend an, um so meine Nervosität zu ertrinken.

Am dritten Tag hatte sich die See beruhigt, und wir konnten bald schon in der Ferne den gewaltigen Eiswall der Antarktis erblicken. Ich meinte im Gesicht von Kapitän Valdés eine gewisse Genugtuung zu sehen, dass wir es ohne Zwischenfälle bis dorthin geschafft hatten. Meine Unruhe war nicht unbemerkt geblieben.

Kapitän Valdés schaute sich erneut meine Aufzeichnungen an, und übernahm die Koordinaten welche, gemäss der Berechnungen Søndergaards, dem Zugangsort vom Eiswall entsprechen würden. Wir fuhren einige Stunden entlang dieser niemals enden wollenden Mauer aus Eis, vielleicht auch Tage, es war schwer zu sagen, da es im antarktischen Sommer keine Nächte gibt. Ich hatte mich schlafen gelegt, das Bullauge so gut es ging mit einem Hemd überdeckt, sodass weniger Licht in meine Kajüte dringe, als es an der Tür klopfte und mich der erste Offizier Guzmán Huerta zur Brücke bestellte. Ohne zu wissen, welche Zeit es war oder wie lange ich geschlafen hatte, lief ich hinauf.

Kapitän Valdés stand vor einem der grossen Fenster der Brücke und schaute in Richtung des Eiswalls, welcher sich in scheinbar greifbarer Nähe vor uns befand. Das Meer war fast schon unheimlich ruhig. Als er mich hineinkommen sah, schaute er mich kurz an, dann wieder auf den Eiswall. Er deutete auf eine Spalte im Eis. Man hätte diese für einen Riss im Eisschelf halten können, doch ich erkannte sofort, dass dies der Ort sein musste, den Søndergaard schon gefunden hatte.

Ich erklärte Valdés so gut ich konnte, dass wir in diese Spalte hineinfahren sollten. Er schien nicht sehr überzeugt von der Idee, aber widersprach nicht. Mit sehr langsamer Fahrt begaben wir uns in Richtung dieser Öffnung welche, je näher wir kamen, immer grösser erschien, als dass der erste Eindruck hätte glauben lassen. Vorsichtig fuhren wir durch diese enge Schlucht aus Eis, welche langsam an uns vorbeizog. Immer wieder war ein kurzes Knacken aus dem Eis zu hören, welches, wie mir der erste Offizier Guzmán Huerta flüsternd versicherte, nur durch die natürliche Ausdehnung des Eises im sonnigen Sommerwetter entstand.

Das Ende dieser Schlucht, ebenfalls durch eine Wand aus Eis gebildet, war schon aus der Ferne zu sehen gewesen. Doch erst als wir in die Nähe dieser Wand kamen war zu erkennen, dass die Schlucht nach links hin weiterführte. Als wir um diese abrupte Ecke bogen, tat sich uns schliesslich wieder eine weite Aussicht auf: Nach links abgegrenzt vom Eiswall, welcher hier wieder völlig abrupt endete, ein weites Meer und nach rechts, in weiter Ferne, Land. Valdés versuchte sich sein Erstaunen nicht anmerken zu lassen, doch schon der erste Eindruck liess ihn so baff, dass ihm sogleich die Zigarette aus von den Lippen fiel.

Kapitän Valdés fuhr wieder etwas schneller, nun da die enge Eisschlucht überwunden war, und peilte vorerst das Land an. Wie wir uns diesem aber näherten, begann auch ich solche seltsamen Phänomene wahrzunehmen, wie sie im Bericht von Pereira da Silva beschrieben worden waren: Das Firmament schien sich zu verbiegen, während das Land sich in den Himmel hinauf über uns hinweg verbog. Das Meer, auf dem wir fuhren, krümmte sich derweil abwärts, doch es entstand dabei keinerlei Strömung. Mit jedem Meter den wir fuhren, drehte und verzerrte sich die Landschaft um uns herum, als hätten sich die Fenster der Brücke zu einem Kaleidoskop gewandelt. Wir hatten es tatsächlich hinter den Eiswall geschafft.

4. BRIEF
AN PROFESSOR GREBENSCHTSCHIKOW (UNDATIERT)

Sehr geehrter Professor Grebenschtschikow,

Wir führten unseren Weg hinter dem Eiswall weiter, und Valdés' anfängliches Unbehagen vor den unerklärlichen Phänomenen, die sich vor uns auftaten, wich bald schon dem Ärger. Ich nahm es ihm nicht übel, dass er irritiert darüber war, von einem völligen Unbekannten an diesen seltsamen Ort, quasi buchstäblich am Ende der Welt, geführt worden zu sein. Tatsächlich erstaunte mich eher noch seine anfängliche Zurückhaltung, nun aber platzte ihm der Kragen. Er zerrte mich am Hemd und fragte mich, wo wir seien, wohin ich sie geführt hatte. Ich antwortete ehrlich, dass ich nicht wirklich wusste, wo wir waren, oder was wir derzeit durch das Fenster betrachteten, aber dass es sehr wohl der Ort war, den ich gesucht hatte. Ich bot ihm an, kehrt zu machen, sobald er sich nicht mehr in der Lage fühlte, weiter vorzupreschen. Eine List von, mir da ich seine Überheblichkeit beobachtet hatte, die sich hinter seiner rauen Fassade verbarg und wusste, er würde niemals zugeben wollen, Angst zu haben. Er liess mich daraufhin los und stellte sich wieder ans Steuer.

Ich suggerierte, eine kleine, eckige Landzunge anzufahren, welche den Anschein machte, dass man dort mit ziemlicher Einfachheit an Land gehen könnte. Als wir uns dieser näherten, begann sich das Meer aufwärts zu krümmen, wodurch wir unter uns die Weite des Festlandes aus der Höhe betrachten konnten. Dieser Ort schien ein endloses Ödland zu sein, mit einigen sanften Hügeln und Felsformationen, aber keinerlei Pflanzenwuchs oder sonstigen herausragenden Merkmalen. Lediglich in der Ferne konnte ich einige Gebilde erkennen, welche womöglich Felsen sein konnten. Obwohl sie fast schon nach einer Art von

Siedlung aussahen, wagte ich es nicht anzunehmen, dass Menschen hier hausen würden.

Vorsichtig fuhr Valdés bis an die Küste, welche mit unwirklicher Genauigkeit rechteckig geformt war. Mit einer Strickleiter war es ein Leichtes, auf das Land zu kommen. Valdés ankerte das Schiff, obwohl das Meer vollkommen glatt war, ohne auch nur die geringsten Wellen oder Strömungen. Er zögerte erst, an Land zu gehen, doch ich ging voran in der Erwartung, dass er nicht als Feigling zurückbleiben würde. In der Tat folgte er mir. Allerdings schlug er vor, angesichts dieser andauernden Verkrümmungen der Perspektive, denen wir hier ausgesetzt waren, eine Schnur an das Schiff zu binden und diese mit uns zu führen, sodass wir sicher den Weg zurück finden würden. Ich begrüsste diesen Vorschlag. Der erste Offizier Guzmán Huerta kam ebenfalls mit uns, Maschinist Moreno hingegen weigerte sich, das Schiff zu verlassen. Er war sichtlich beunruhigt von dieser Situation. Valdés war es schon Recht, dass jemand beim Schiff bliebe.

Wir begannen, landeinwärts zu laufen, mit einem seltsamen Gefühl, ständig Hügel hinauf und hinabzulaufen, obgleich der Grund völlig eben war. Über uns war der Himmel Dunkel und einige Sterne zu sehen, doch um uns herum war alles hell, als schiene die Sonne. Wir waren nur wenige Minuten gewandert, doch als ich zurückblickte, war das Schiff in vielen Kilometern Ferne zu sehen. Valdés Idee mit der Schnur würde sich wohl durchaus bezahlt machen.

Ich deutete auf die seltsamen Gebilde am Horizont, welche ich aus der Nähe betrachten wollte. Von diesen abgesehen, war nichts Markantes in der Landschaft zu erkennen. Ich sprach zu Valdés, doch er schien mich kaum zu hören. Als er versuchte zu antworten, hörte ich seine Stimme sehr entfernt, als wäre zwischen uns ein Windsturm. Ich musste ihm schliesslich mit Handzeichen erklären, wohin wir gehen sollten.

Während wir in Richtung dieser Gebilde liefen, erhob sich das Land um uns herum zu eckigen Türmen, von der Grösse eines kleinen Hauses aber scheinbar unendlich hoch, welche wir umgehen mussten, um uns weiter einen Weg bahnen zu können. Wir fanden uns alsbald auf

einer Kante wieder, auf einer Seite war in der Ferne das Meer, unser
Schiff und der Eiswall zu sehen, auf der anderen die Felsformationen,
die ich erkunden wollte, und in noch weiterer Ferne bog sich der Horizont wieder hinauf, wodurch ich sehen konnte, dass das Land endete,
ein neuer Ozean begann, und dahinter weitere karge Landstriche zu
sehen waren. Die Entfernung war schwer einzuschätzen, doch der Anblick erinnerte mich an Bilder, welche aus dem All von der Erde gemacht werden. Es musste eine gigantische Entfernung sein.

Valdés, nun wieder besser zu hören, doch noch immer als wäre er in
einiger Ferne, gestand mir nun, dass er ein ungutes Gefühl bekam.
Offizier Guzmán Huerta nickte zustimmend. Ich fragte, ob wir den
restlichen Weg bis zu den Felsen gehen könnten, woraufhin sie einen
Blick austauschten. Valdés willigte ein, aber nicht weiter. Bald würde
uns dann auch die Schnur ausgehen, welche uns zurück zum Schiff
führen sollte.

Der Weg bis zu diesen seltsamen Objekten war viel schneller zurückgelegt, als die sichtliche Entfernung hätte schätzen lassen. Ich versuchte nicht allzu viel über die physikalische Unlogik nachzudenken,
dass wir zumal über Kanten und Biegungen liefen, dies sich aber an-
fühlte, wie über ebenen Grund zu laufen.

Aus der Nähe erkannte ich nun, dass diese Felsen weiter auseinan-
der waren, als ich ursprünglich gedacht hatte. Ihre Erscheinung war
ebenfalls bizarr, sie schienen wie groteske Turmspitzen, ihre Form erinnerte stark an etwas organisches. Am oberen Teil ragte etwas heraus,
was wie ein kahler Baum aussah, blassbraun von der Farbe, und mit
einigen spitzen Verästlungen. Als wir uns näherten, begann dieses Teil
sich zu bewegen, als wäre es plötzlich zum Leben erweckt. Anfangs
wedelte es nur herum, dann streckte es sich in unsere Richtung. Noch
bevor wir reagieren konnten, raste dieser Tentakel auf mich zu, griff
meine Beine und riss mich zu Boden. Die Berührung löste einen bren-
nenden Schmerz aus, auch meine Hose verkohlte dort, wo es mich ge-
griffen hatte. Valdés und Guzmán Huerta kamen mir sofort zu Hilfe,
einer griff mich an den Armen, der andere machte sich mit einem Mes-

ser an diesem Ungetüm zu schaffen. Irgendwann gab dieses so weit nach, dass sie mich davon befreien konnten.

Wir liefen sofort einige hundert Meter weg, wenn das an diesem physikalisch unlogischen Ort überhaupt so abzuschätzen war. Valdés meinte, wir hätten wohl genug gesehen. Schwermütig stimmte ich zu, und wir begannen den Weg zurück zum Schiff zu gehen, die vom Boden gebildete Kante hinweg, zwischen den erscheinenden und verschwinden eckigen Türmen hindurch, und über die unerkennbaren Hügel. Mit Erleichterung sahen wir das Schiff noch immer an seinem Ankerplatz.

Als wir das Schiff allerdings erreichten, wurden wir von einem grauenvollen Anblick überwältigt: Maschinist Moreno lag auf Deck in einer Blutlache, neben ihm ein Gewehr. Valdés fluchte, und lief langsam auf ihn zu. In der Hand krallte Moreno ein Blatt Papier. Der Kapitän entriss es der erstarrten Hand und las es. Dann drehte er sich zu mir und schaute mich mit bohrendem Blick an, während er mir den Zettel zum Lesen gab. Darin hatte Moreno geschrieben, dass er nunmehr vier Wochen auf uns gewartet hatte und diesen Ort nicht länger aushalten konnte. Ich wusste genau, was Valdés fragen wollte, aber nicht wagte auszusprechen. Wieso meinte Moreno, dass wir vier Wochen lang weg gewesen wären, wenn wir doch gerade vor wenigen Stunden an Land gegangen waren?

Ohne grössere Diskussionen machten sich die Beiden, die noch von der Mannschaft übriggeblieben waren, daran, uns von diesem Ort weg zu bringen. Ich konnte erkennen, dass es auch für sie inzwischen zu viel wurde. Dem ersten Offizier hatte der Anblick Morenos wohl den Rest gegeben, und er stand nur noch mit leerem Blick herum, während Kapitän Valdés den Anker lichtete. Ich legte derweil eine Decke über Moreno, als dass wir nicht weiterhin den verstorbenen Maschinisten vor uns sehen mussten.

Als wir hinter dem Eiswall hervorkamen, änderte sich das Wetter schlagartig. Bis dahin war es noch recht mild gewesen, so überkam uns nun ein heftiger Schneesturm, und auch wurde es um uns stockfinster.

Valdés konnte das nicht begreifen, da eigentlich antarktischer Sommer sein müsste. Erst im Winter kam diese Dunkelheit über den Polarkreis.

Es verlangte Kapitän Valdés alles ab, das Schiff durch die Dunkelheit und den Sturm zu bringen. Mehrmals musste er grossen Eisbergen ausweichen, während er zugleich verhinderte, dass der kleine Kutter in einer der riesigen Wellen kenterte. Zwei ganze Tage lang stand Valdés am Steuer, ich half ihm wie ich konnte. Den ersten Offizier Guzmán Huerta hatten wir in seiner Kajüte gelassen, er war inzwischen völlig unzurechnungsfähig, brabbelte lediglich wirres Zeug vor sich hin. Wenige hundert Seemeilen vor dem Kap Horn beruhigte sich der Sturm erstmals, und wir bekamen wieder ein wenig Sonnenlicht zu sehen. Einen Tag später schafften wir es schliesslich bis nach Ushuaia. Valdés war völlig zermürbt von der Überfahrt, drei Tage lang hatte er nicht geschlafen, doch ich wusste, welche üble Überraschung nun auf uns wartete.

Als wir den Hafen erreichten, begann sich eine kleine Menschenmenge zu sammeln. Sie deuteten auf unser Schiff und redeten unter sich. Als wir anlegten, kamen einige auf uns gelaufen. Völlig ausser sich riefen einige, dass es das verschollene Schiff seien. Kapitän Valdés begriff nicht, was vor sich ging, ich allerdings wusste es ganz genau. Als wir zu Land gingen, konnte Valdés von den Einheimischen heraushören, dass unser Schiff seit fünf Jahren vermisst wurde. Valdés begann zu verstehen, dass offenbar fünf Jahre seit unserer Abreise vergangen waren. Er starrte mich an, ich erwartete erst, dass er gehässig auf mich wäre. Doch stattdessen überkam ihn eine grosse Furcht. Er schaute auf mich, als wäre ich ein Geist, und bekreuzigte sich. Dann lief er fort.

Ich wusste, dass es nichts mehr gab, was ich für ihn tun konnte. Ich wies die Einheimischen darauf hin, dass ein kranker Mann an Bord sei, und sie liefen sofort auf das Schiff, um nach ihm zu schauen. Ich ergriff diese Gelegenheit, um mich selbst aus dem Staub zu machen. Ein Geisteskranker und ein Toter auf dem Schiff war keine gute Optik für mich, das würde mir nur Schwierigkeiten bringen.

Nun, Professor Grebenschtschikow, das war mein Erlebnis hinter dem Eiswall. Wir sind vor fünf Jahren dorthin aufgebrochen, das heisst, fünf Jahre für sie. Für mich sind lediglich einige Tage vergangen. Ich habe das Erlebnis bei Weitem besser verkraften können als die Mannschaft, die mich dorthin begleitet hat, als auch Søndergaard oder, wie ich mir vorstellen kann, die Expedition von Pereira da Silva. Ich habe meine geistigen Fähigkeiten erhalten können doch, wie es die Ironie will, hätte es keinen Sinn das, was ich erlebt habe, publik zu machen, angesichts der Gefahr, dass man mich dann wider meine eigene Einschätzung als geisteskrank bezeichnen sollte.

Wie sie sicherlich gelesen haben, ist Anton Leu für tot erklärt worden, und wer bin ich, die Bürokratie, welche bekanntlich immer Recht hat und niemals Fehler begeht, anzuzweifeln. Ich arbeite nun auf einer Rinderfarm in der argentinischen Pampa. Ich habe vieles über die Rinderzucht gelernt, wie auch über ein Leben fernab von viel Zivilisation, stattdessen sehr nah an der Natur. Manchmal, so wage ich ihnen zu sagen, ist auch viel zu lernen und zu erfahren, ohne dass man grosse Wege auf sich nehmen muss, sondern indem man das Augenmerk auf das scheinbar Einfache und Konventionelle setzt.

Cognitio pro Scientia.

Antonio León

FEUERTEUFEL

1

Es ist schon kurios, wie eine scheinbar völlig bedeutungslose Handlung eine ganze Kettenreaktion seltsamer Geschehnisse in Gang setzen kann. In meinem Fall war es, als ich versehentlich in Winterthur in den falschen Zug gestiegen bin. Ich wollte eigentlich anlässlich einiger freier Tage meine Verwandtschaft besuchen, vor allem einen Onkel von mir, welcher am Bodensee ansässig war.

Mein Onkel war ein reicher Mann, und er wusste ob meiner deprimierten Situation als Versicherungsvertreter, sodass er mir immer wieder mal ein Paar Geldscheine zusteckte, wenn ich ihn besuchen war. Ohne Zweifel erbärmlich für mich, doch irgendwann hatte ich die Scham darüber, in meinem Alter noch diese Almosen anzunehmen, überwunden, und das Begehren nach einer auch noch so kleinen Besserung meiner Lebensumstände obsiegte.

Ich war wohl völlig gedankenversunken, als ich in den kleinen Zug der Thurgau-Bodensee-Bahn stieg, sodass ich erst bemerkte, in die falsche Richtung zu fahren, nachdem schon mehrere Haltestellen hinter mir lagen. Es dunkelte bereits und ich war der einzige Fahrgast in diesem geisterhaften Wagen. Es erklangen auch keine Ansagen der Haltestellen, womöglich waren die Lautsprecher defekt. Ich wollte beim nächsten Halt aussteigen und wieder zurück nach Winterthur fahren, doch es verging nun eine ganze Weile ohne eine weitere Station. Als der Zug endlich hielt, kam eine kurze Durchsage: „Endstation, bitte Aussteigen, dieser Zug geht ins Depot."

Ich leistete Folge und fand mich in einem kleinen Dorf genannt Märzingen wieder, wie ich von den blauen Schildern des Bahnhofs interpretieren konnte. Ich hatte noch nie von diesem Ort gehört und es konnte kaum eine bedeutsame Ortschaft sein, der Bahnhof selber war wenig mehr als ein hölzernes Wartehäuschen. Daneben stand, was wohl mal ein Güterschuppen gewesen war, der allerdings vor einiger Zeit abgebrannt war.

Im Wartehäuschen war ein Fahrplan ausgehängt, vom Regen durchnässt und von der Sonne gebleicht, auf dem ich gerade so noch erkennen konnte, dass meiner der letzte Zug an diesem Tag gewesen war. Nichts fuhr mehr bis am nächsten Morgen, ich war gestrandet.

Halb so wild, dachte ich, da ich ja sowieso einige freie Tage hatte. Und mein Onkel war pensioniert, ihm machte es wenig aus, an welchem Tag ich zu ihm stossen sollte. Ich lief die Hauptstrasse entlang in Richtung des Dorfkerns, ein ziemlich weiter Weg an Feldern und Hügeln entlang, bis ich schliesslich das eigentliche Dorf Märzingen erreichte. Ich sah gleich beim Ankommen ein abgebranntes Bauernhaus, was mich überraschte, nachdem ich schon den Güterschuppen am Bahnhof in diesem Zustand aufgefunden hatte. Hier schien der Brand noch nicht allzu lange her zu sein, denn das verkohlte Holz wies noch etwas Asche auf und war auch nicht vermodert.

Ich betrachtete einen Moment wie gebannt die Überreste des Hauses im Licht der wenigen Strassenlaternen, als mein Blick auf etwas in der Ferne leuchtendes gezogen wurde. Erst dachte ich, es sei das Licht in einem Haus, welches angegangen war, oder ein vorbeifahrendes Auto. Doch dieses Licht flackerte, wie Feuer. Wohl ein Lagerfeuer oder dergleichen, war mein erster Gedanke. Dann plötzlich bewegte sich dieses Licht, es schien fast schon menschliche Ausmasse zu haben und sich menschenähnlich zu Bewegen. Es bewegte in Richtung eines Waldes und verschwand darin. Ich muss wohl minutenlang dagestanden haben, während ich überlegte, was ich soeben gesehen hatte, oder gar, ob ich es tatsächlich gesehen hatte.

Ich hatte Glück in diesem abgelegenen Dörfchen ein Gasthaus zu finden, welches auch ein Paar Zimmer zur Übernachtung anbot, das Gasthaus zum Falken, welches in einem sympathischen alten Fachwerkhaus beherbergt war. Ich hatte das Gefühl gehabt, es sei schon späte Nacht, da es draussen schon dunkel und menschenleer war, doch als ich diese Wirtschaft betrat, bemerkte ich, dass eigentlich erst der frühe Abend angebrochen war. Einige der Einheimischen waren dort begleitet von Bierkrügen und Schnapsgläsern versammelt. Ich fragte den Wirt um ein Zimmer, doch als er mich schon hinaufgeleiten wollte, bat ich ihn um Einhalt, ich würde mir erst noch einen Schluck gönnen. Was sollte ich auch um die Zeit schon zu Bett gehen wollen. Ich setzte mich an den Tresen, neben einen älteren Herrn der Schnaps trank, und liess mir ein Bier einschenken.

„Sie sind nicht von hier", sprach mich der Alte etwas grob an, „was bringt sie hier her?"

„Sie werden lachen", antwortete ich, „ich bin in den falschen Zug gestiegen und hier gelandet."

„Verstehe", sagte der Mann nickend, „ist aber ziemlich schlecht jetzt hierher zu kommen."

„Lass doch den Herren in Frieden, Alois, er tut doch keinem was", mischte sich der Wirt ein.

„Höchstens eine Versicherung anbieten", sagte ich und lachte verlegen, „ich bin nämlich Versicherungsvertreter. Brauchen sie noch eine Versicherung?"

Der Alte schaute mich düster an. „Wäre kein gutes Geschäft hier Versicherungen zu verkaufen. Nicht jetzt, wo der Feuerteufel umgeht."

„Feuerteufel?", fragte ich, „ein Brandstifter, meinen sie?"

Der Alte schüttelte den Kopf. „Nein, ein wahrhaftiger Feuerteufel. Ein feuriger Dämon geboren aus den tiefsten Tiefen der Hölle."

Ich war völlig baff, aus dem nichts eine solche Aussage zu hören. Nervös schaute ich den Wirt an, der nur mit den Augen rollte. Doch so sehr, dass nach unsinnigem Aberglauben klang, kam mir die seltsame Erscheinung in den Sinn, die ich bei meiner Ankunft beobachtet hatte.

Der Alte bemerkte die Reaktion des Wirtes und sprach ihn an: „Wie viele Häuser waren es inzwischen? Der Hof vom Toni, das Haus von Familie Ziegler, und der Güterschuppen am Bahnhof."

„Die Häuser sind alt, wahrscheinlich gab es wegen der Stromschwankungen in der letzten Zeit Kurzschlüsse. Der Gemeindepräsident hat schon gesagt, wir sollen auf jeden Fall die elektrische Einrichtung prüfen. Ich habe erst neulich hier die Sicherungen auswechseln lassen." Erklärte der Wirt, als er meine besorgte Miene bemerkte.

„Was hat es denn mit diesen Stromschwankungen auf sich?", fragte ich.

„Das ist wahrscheinlich wegen dieser Militäreinrichtung, die das Stromnetz belastet", sagte der alte Alois. Ich antwortete, dass ich noch nie von einer Militäreinrichtung in dieser Gegend gehört hatte. „Natürlich nicht, die solle ja geheim sein. Ein geheimes Forschungslabor, angeblich. Aber trotzdem wissen wir alle hier davon."

Der Wirt meldete sich zu Wort: „Es ist wahr, jeder hier weiss, dass dort irgendwelche Versuche gemacht werden, wahrscheinlich neue Waffen und solcher Dreck. Wir sehen ja immer wieder die unmarkierten Lastwagen durchs Dorf fahren. Obwohl es in letzter Zeit ziemlich ruhig war, sonst waren die ja nicht zu überhören."

„Ich wusste gar nicht, dass die Schweizer Armee solche Einrichtungen betreibt", sagte ich.

„Es ist ja auch nicht von der Schweizer Armee", sagte der Alte, „das ist von irgendwelchen anderen Ländern, ich habe die Chauffeure verschiedene Sprachen reden hören, vielmals Englisch, manchmal aber auch irgendeine osteuropäische Sprache, einmal sogar etwas asiatisches, vielleicht Chinesisch oder Japanisch."

Ich musste ernsthaft überlegen, ob man mich hier auf den Arm nehmen wollte, mit einer so weit hergeholten Geschichte. Das letzte, womit ich bei meiner Ankunft in diesem Kaff gerechnet hatte, war, zu erfahren, dass irgendwo im Ostschweizer Hinterland ein international betriebenes militärisches Forschungslabor untergebracht wäre, welches auch noch ein solches offenes Geheimnis unter den Einheimischen sei.

„Weiss man denn, woran dort geforscht wird?", fragte ich, mit nun geweckter Neugier.

„Nicht wirklich", sagte der Wirt, „der Ort ist sehr abgeschottet. Die Arbeiter gehen nie ein und aus, wahrscheinlich werden sie in den schwarzen Lastwagen hingebracht und wohnen wohl auch dort. Manchmal war etwas Lärm von dort zu hören, oder nachts ein Paar Lichter, aber wenig mehr."

„Dann war da noch dieses Beben", sagte der Alte.

„Stimmt", sagte der Wirt, „das muss was, vor drei oder vier Wochen gewesen sein. Man hat uns sogar darauf hingewiesen mit einem Rundbrief. Offiziell soll das ja ein Warenlager für eine Firma Universal Exports sein. Es hiess, die würden irgendwas umbauen im Untergrund, und es könne zu leichten Beben kommen, die aber nicht weiter gefährlich seien."

„Und die gab es dann auch?", fragte ich.

„Oh ja", sagte Alois, „also wirklich schlimm waren sie nicht, aber es ist trotzdem eindrücklich, wenn die Erde so bebt."

„Ein paar Gläser sind sogar aus dem Schrank gefallen", sagte der Wirt.

„Ist ja regelrecht gespenstisch so was", meinte ich.

„Man gewöhnt sich dran", sagte der Wirt, „wir leben hier ganz gut von den Steuereinnahmen dieser Einrichtung. Das Dorf war am Sterben, als die kamen, Leute zogen weg, es gab kaum Arbeit. Mit dem Geld wurde für die Bauern neues Gerät subventioniert, und eine neue Buslinie eingerichtet, die hier entlangfährt. Mehr Züge fahren jetzt auch zu unserer Haltestelle. Es war alles eigentlich wunderbar, bis…"

„Bis diese Brände anfingen?", fragte ich. Der Wirt nickte.

„Ich bleibe dabei, das ist der Feuerteufel", sagte der Alte, „wir haben unsere Seele an den Teufel verkauft, und jetzt kommt er zu holen, was ihm zusteht."

2

In der Nacht wurde ich vom Lärm von Sirenen, Motoren und lauten Rufen geweckt. Erst meinte ich, es sei ein schlechter Traum, doch ich kam nach und nach zu mir und erkannte, dass tatsächlich etwas vor sich ging. Ich bemerkte helle Lichter draussen, die auf die dicken Vorhänge schienen. Ich stand vom Bett auf und schaute aus dem Fenster. Der Anblick war überwältigend. Direkt auf der anderen Strassenseite stand das Haus lichterloh in Flammen. Die Feuerwehr versuchte den Brand in den Griff zu bekommen, was kein Leichtes war. Das hölzerne Haus brannte wie Zunder.

In der Ferne hörte ich eine weitere Sirene, die sich näherte. Mein Zimmer war in einer Ecke des Gebäudes, so konnte ich auch zur Rechten vom Brand schauen. Ich sah in der Dunkelheit der Nacht das Blaulicht einer Ambulanz, welche in diese Richtung fuhr. Ich schaute einen Moment lang hinterher, als ich hinter der Ambulanz ein weiteres, helles Licht sah; ein Gebilde, was wie Flammen erschien, als würde etwas dort brennen. Doch anstatt, dass es stillstünde, bewegte es sich sogleich mit überraschender Geschwindigkeit, schneller als die Ambulanz gefahren war, in die Ferne, in die Richtung in welcher, wenn ich es recht verstanden hatte, diese militärische Forschungsanlage zu finden war. Dort verschwand diese feurige Figur in der Dunkelheit.

Der Anblick am nächsten Morgen war grausam, kaum noch einige verkohlte Ruinen waren vom verbrannten Gebäude übriggeblieben. Eine alte Frau, die in diesem Haus gewohnt hatte, war noch in derselben Nacht infolge von Verbrennungen und Rauchvergiftung gestorben. Von den verschiedenen Bränden, welche in den vergangenen Wochen das Dorf Märzingen heimgesucht hatten, war dies der erste gewesen, welcher ein Todesopfer gefordert hatte. Entsprechend gedrückt war die Stimmung in der Gaststätte am nächsten Tag.

Ich war allerdings noch immer mit dieser flammenden Erscheinung besessen, die ich in der Ferne gesehen hatte, und welche, so meinte ich, mir bereits zuvor am gleichen Tag erschienen war. Ich unternahm einen Spaziergang in die Richtung, in welcher ich in der Nacht diese Gestalt erblickt hatte.

Das Dorf lag nach kurzer Zeit hinter mir, und die Strasse führte nun entlang einiger Felder. Es gab kleine Bauernhäuser und Scheunen in der Umgebung, und etwas weiter vorne erhob sich jenseits des Flusses ein grüner Hügel. Nach einer Weile kam ich in die Nähe einer umzäunten Parzelle, der Zaun war um die zwei Meter hoch, oben mit Stacheldraht versehen und von innen mit einer schwarzen Plastikplane versehen, sodass nicht zu erkennen war, was sich dahinter befand. Nur das Dach eines Gebäudes konnte ich gerade so erahnen. Es hätte kaum offensichtlicher sein können, dass dies die erwähnte Forschungseinrichtung war, denn der Versuch, sie zu verbergen, machte das Ganze nur offensichtlicher. Andererseits war diese Region überhaupt so weit abseits jeglicher grösseren Ortschaften oder bedeutsamer Verkehrswege, dass ausser den ortsansässigen Bauern sowieso kaum jemand einen Grund gehabt hätte, hier vorbeizukommen.

Ich näherte mich vorsichtig, immer Ausschau haltend, ob jemand auf meine Anwesenheit aufmerksam würde. Doch alles war ruhig, bis auf ein klapperndes Geräusch, welches all so oft mal aus der Richtung dieser Einrichtung zu hören war. Es klang wie ein metallisches Klopfen. Vielleicht Wartungsarbeiten, dachte ich. Ich lief einen Weg entlang, immer näher zu diesem eigenartigen Gebilde, diesem schwarzen Loch inmitten der Felder.

Ich begann die abgezäunte Parzelle zu umkreisen, auf der Suche nach dem Eingangstor, welches vielleicht irgendeinen Hinweis barg, was sich hinter dem Gitter befand, oder befinden sollte. Zu meiner völligen Überraschung fand ich das Eingangstor, ebenfalls ein mit schwarzer Plane versehener Zaun, offen vor. Der Wind lies das Tor immer wieder auf und zu schwingen, was dieses klappernde Geräusch verursachte. Ich bewahrte weiterhin einen gewissen Abstand, während ich versuchte, einen Blick hineinzuwerfen. Der Ort schien trotz der offenen Tür völlig menschenleer.

Hinter dem Gehege erspähte ich ein einfaches, einstöckiges Gebäude aus Beton, es sah tatsächlich aus wie eine einfache kleine Lagerhalle oder etwas dergleichen. Mit grosser Zurückhaltung näherte ich mich langsamen Schrittes dem Eingang, eigentlich nur mit der Absicht, das Innere mehr aus der Nähe zu sehen. Ich konnte mir denken, mit solchen Einrichtungen sei nicht zu spassen.

In dem Moment sah ich, wie aus dem Gebäude diese feurige Gestalt kam, die ich bereits zweimal zu sehen gemeint hatte, diesmal allerdings aus viel mehr aus der Nähe als zu vor, er schien eine humanoide Gestalt, gänzlich aus Flammen gebildet, mit zwei tiefschwarzen Augen im Haupt, über einem ebenso schwarzen Schlund, der eine grässliche Fratze von einem Gesicht bildeten. Diese Gestalt schien aus der Wand des Gebäudes zu treten, sie kam mit enormer Geschwindigkeit auf mich zu, sodass ich nicht einmal reagieren und die Flucht ergreifen konnte, stattdessen warf sich dieses Etwas auf mich, und fuhr mitten durch meinen Körper hindurch, woraufhin ich einen unermesslichen Schmerz von Verbrennung spürte, der aber nur den Bruchteil einer Sekunde anhielt.

Ich fand mich an der gleichen Stelle wieder, auf das Gebäude und das klappernde Tor starrend. Hatte ich mir das gerade eben nur eingebildet? Eine Halluzination vielleicht? Ich schaute mich an, meine Kleidung war nicht beschädigt, meine Haut war nicht verbrannt. Nichts war mir passiert. Doch mein Herz raste, als hätte ich den feurigen Teufel selber erlebt. Irgendwas an diesem Ort war mir nicht geheuer. Ich lief schnellen Schrittes wieder fort, zurück zum Dorf.

Dort hatte sich eine kleine Menschenmenge nahe dem abgebrannten Haus versammelt. Einige Polizisten waren vor Ort und inspizierten scheinbar die Ruine. Ich hatte das Gefühl, an diesem Ort überflüssig zu sein, als mische ich mich in Angelegenheiten ein, die mich nicht im Geringsten betrafen. Doch, wie bei einer dreibeinigen Katze, war diese ganze Situation ein hässlicher Anblick, von welchem ich mich nicht abwenden konnte. Stattdessen zog es mein morbidestes Interesse an, was tatsächlich vor sich ging. Und meine Vermutung, dass es hier nicht mit rechten Dingen zuging, sollte sogleich noch verstärkt werden.

Einige der Anwohner, welche sich um die Brandstelle versammelt hatten, drängten einen der Polizisten nach der Brandursache. Sie waren offensichtlich sehr nervös, dass ihnen das gleiche Schicksal widerfahren könnte, wie der verunglückten alten Dame.

„Wir können noch nicht mit Sicherheit sagen, was die Brandursache war", erklärte der Polizist.

„Was ist denn mit der Elektrik, da hiess es doch, dass es Stromschwankungen gab", erwiderte eine Frau mittleren Alters.

„Es scheint nicht die Elektrik gewesen zu sein", antwortete der Polizist, „diese ist vor wenigen Jahren erst modernisiert worden, mit angemessenen Schaltsicherungen. Wir haben bisher keine Hinweise gefunden, dass der Brand elektrisch ausgelöst wurde. Aber wie gesagt, es ist noch nichts klar, das kann sich alles noch ändern."

Nun meldete sich der alte Alois zu Wort, den ich in der Wirtschaft getroffen hatte. Er schien sich mehr an die Menge zu richten als an den Polizisten: „Sehen sie doch mal da, die hölzernen Säulen, was war denn damit?"

Ich schaute auf die Säule, auf welche der Alte deutete und tatsächlich: es war ein hölzerner Balken, der nach allen Seiten hin zersplittert war, als wäre er von innen heraus explodiert.

„Wir können da nichts… dazu…", begann der Polizist, doch es verschlug ihm die Sprache als er das Bild dieser zerborstenen Säule sah, und er starrte sie eine ganze Weile an. „Wir… wir müssen zuerst unsere Ermittlungen abschliessen, bitte lassen sie uns unsere Arbeit machen. Danke." Dann ging er zu seinem Kollegen hinüber und begann mit ihm leise zu sprechen, dabei schauten sie beide immer wieder die Säule an.

„Ich sage es doch, das ist der Feuerteufel", sagte der Alte in die Runde, „so verbrennt kein Haus, von innen heraus."

Einige Leute gingen weiter, manche mit einer abfälligen Handbewegung, als würden sie den Worten vom Alten keinen Wert geben. Einige wenige schauten ihn mit grossen Augen an, und liefen dann hastig fort. Nach einer kurzen Zeit hatte sich der kleine Menschenauflauf aufgelöst.

„Warum sind sie sich so sicher, dass das ein Feuerteufel ist, wie sie sagen?", fragte ich den Alten als niemand mehr dort war. Er erschrak beinahe, als ich in ansprach. Er hatte mich wohl nicht bemerkt.

„Warum?", fragte er, „sehen sie sich das doch nur mal an. Es gibt keine andere Erklärung dafür."

„Ich meine, wie kommen sie auf einen Feuerteufel? Ich hatte noch nie zuvor davon gehört", fuhr ich fort. Der Mann wurde ein wenig nervös, als ich diese Frage stellte.

„Es ist einfach… man kennt ja sowas, es sind alte Legenden und das Ganze. Ja, und dann diese Forschungen da draussen. Irgendwas Schlechtes musste doch von da kommen."

Ich hatte das Gefühl, dass er meiner Frage auswich, doch ich wollte nicht weiter nachhaken.

„Apropos, ich habe mir diesen Ort da vorhin mal angesehen. Ist das eigentlich üblich, dass die Tür einfach offensteht? Sah ziemlich menschenleer aus, wenn sie mich fragen", sagte ich.

„Die Tür offen? Nein, das gab es eigentlich nie. Das ist normalerweise sehr gut bewacht. Ich sag es ja, dort passieren seltsame Dinge. Das alles wird ein böses Ende nehmen, dessen bin ich mir gewiss. Ein ganz böses Ende." Sein Blick verlor sich in der Ferne als er dies sagte, und er entfernte sich langsam von mir, während er irgendwas für sich murmelte.

Ich überlegte, was er wohl meinen Worten entnommen hatte, um so darauf zu reagieren. Vor allem aber wuchs meine Neugier über dieses Forschungslabor immerzu ins unermessliche. Nicht minder, weil dieser Alte mit solcher Vehemenz darauf bestand, es mit den Bränden und diesem Feuerteufel in Verbindung zu bringen.

Die umzäunte Parzelle erschien noch immer so, wie ich sie zuvor gesehen hatte. Scheinbar von jeder menschlichen Präsenz verlassen, klapperte das offene Tor noch immer im Wind, und das Geräusch dieser metallenen Schläge hallte geisterhaft durch die einsame Landschaft.

Diesmal hielt ich nicht ein, sondern lief zielgerichtet zum Eingang. Es würde mich schon jemand aufhalten, wenn ich dort nicht eintreten sollte. Doch als ich die Schwelle des Tores überschritt, geschah nichts dergleichen. Ich sah mich im Inneren des umzäunten Grundstückes um, und auch hier war kein Mensch zu sehen. Neben dem Tor stand ein kleiner Container aus Kunststoff mit einem Fenster, welcher als Empfang diente. Ich näherte mich und blickte hinein. Drinnen lagen einige Papiere herum, der Hörer eines Telefons, welches an der Wand des Containers befestigt war, baumelte herunter. Die Tür des Containers stand ebenfalls offen.

Ich lief nun auf das Gebäude hin. Ein einfacher Bau aus unverkleidetem Beton, mit einigen Fenstern, welche, so sah ich kurz darauf, gar keine Fenster waren, sondern nur Fensterscheiben, die auf leichte Aushöhlungen der Betonwand angebracht worden waren. Das Gebäude war ein solider Klotz.

Die Zugangstür, eine schwarze, doppelte Tür aus Metall, war der einzige Zugang. Diese stand nicht offen doch, wie ich gleich bemerkte, war sie nicht verschlossen. Ich öffnete sie und trat in das Gebäude hinein.

3

Ich brauchte einen Moment, um meine Augen an das halbdunkle Innere dieses Gebäudes zu gewöhnen. Die Räumlichkeiten waren mit zahlreichen Neonröhren ausgestattet, welche aber fast alle ausgeschaltet waren. Nur eine Art Notlicht brannte und flutete den Ort mit einem schwachen gelblichen Schein, der ihn noch unwirklicher erscheinen liess, als er ohnehin schon war. Das erratische Flackern von einigen der Neonlampen machte den Eindruck nicht gerade angenehmer. Am seltsamsten aber war die absolute Stille, die hier herrschte. Man hätte eine Nadel auf den Boden fallen gehört.

Die Etage, auf der ich hineingekommen war, bestand hauptsächlich aus einem breiten Gang, welcher an der Wand des Gebäudes entlangführte. Zur Mitte des Raumes war der Gang offen, mit einem stählernen Geländer versehen, und liess eine unermessliche Vertiefung erahnen. Direkt vor mir sah ich, was nach einem stählernen Käfig aussah, mit einem Fenster in der Mitte und drinnen einem Stuhl, woraus ich schloss, dass es wohl ein weiterer Empfang sein musste.

Auf der Gegenüberliegenden Seite gab es drei Aufzugsschächte, allesamt aus Metallgitter: Zwei kleine auf den Seiten, und ein enorm grosser in der Mitte. An beiden Seiten des Raumes führten zudem Treppen nach unten, aus Stahlgitter gebaut ragten sie vom Gang in die Leere des Raumes hinaus.

Ich lehnte mich vorsichtig über das Geländer und schaute nach unten. Ich konnte das Ende untere Ende des Raumes erahnen, doch es musste mindestens ein halbes Dutzend Etagen in die Tiefe führen. Mit dem wenigen Licht war nicht genau zu erkennen, was sich dort unten befand. Zumal meinte ich, ein Geräusch aus der Tiefe zu vernehmen, ein Klappern, oder Schritte vielleicht.

Das dämmrige und flackernde Licht deutete offensichtlich auf Probleme mit der Stromzufuhr hin, folglich nahm ich gar nicht erst in Betracht, mich an den metallenen Aufzügen zu probieren. Die Vorstellung, darin stecken zu bleiben, und hier von der Aussenwelt vergessen zu verrotten, war schauderhaft. Stattdessen lief ich eine der Treppen hinunter, langsam, vorsichtig, als wollte ich mit dem klappernden Lärm meiner Schritte nicht diese Stille stören – oder vielleicht nicht von jemandem gehört werden, der sich hier befinden könnte.

Die ersten zwei Etagen, welche ich erreichte, waren völlig leer, ein Gang, ebenso wie das oberste Stockwerk, ohne irgendeine Tür oder sonst einem relevanten Merkmal. Die dritte Etage abwärts war anders, diese war mit zahlreichen Türen versehen, alle gleich aus Metall, hellblau lackiert und mit einem runden Fenster darin. Alle waren abgeschlossen und der Raum auf der anderen Seite abgedunkelt, sodass ich nichts darin erkennen konnte.

Drei weitere Etagen folgten, die praktisch gleich aussahen, nur dass die Türen anders lackiert waren, erst hellrot, dann grün, dann lila. Die lila Etage war etwas anders, da sie weniger Türen hatte, viele davon doppelte. Doch auch hier war alles verschlossen und verdunkelt. Wie ich weiter nach unten lief, wurde es immer dunkler, das wenige Licht drang kaum bis in diese Tiefe durch.

Erst als ich die unterste Etage erreichte, fand ich einen ganz unterschiedlichen Anblick vor: Nur zwei Türen gab es hier, schwarz lackiert, und aus einer kam Licht, welches ebenso trüb war, wie im oberen Teil der Anlage. Ich lief zu dieser Tür hin und wollte sogleich versuchen, sie zu öffnen, doch ich hielt mich zurück und schaute erst durch das runde Fenster. Der Anblick dahinter war ziemlich desolat: Eine grosse Halle mit Betonwänden, in welcher allerlei Gerätschaften verstreut waren, welche ich, von einfachen Dingen wie den Lampen, Bildschirmen und Videokameras abgesehen, nicht definieren könnte, doch der Anblick war hochwissenschaftlich. Was den Anblick aber so beunruhigend machte war, dass alles chaotisch und beschädigt herumlag, als hätte darin jemand gewütet und alles um sich geworfen. Ich schaute

nach Lebenszeichen, doch nichts regte sich in diesem unschönen Stillleben.

Ich versuchte die Tür zu öffnen, und tatsächlich war es die erste
Tür, die ich hierin aufgefunden hatte, die nicht verschlossen war. Als
ich eintrat, überkam mich ein beissender Gestank nach verkokeltem
Kunststoff. Ich erkannte nun auch, dass viele der Utensilien und Gerätschaften ganz oder teilweise zerschmolzen waren, als ob sie einer enormen Hitze ausgesetzt gewesen wären. Unter meinen Füssen knisterten
die Scherben von Glühbirnen, die zerschmettert waren, nachdem die
Stative, auf welchen sie gestanden hatten, umgekippt waren.

In der Mitte dieser enormen Halle, umgeben von all den anderen
Gegenständen, als wäre dort das Subjekt der Forschung platziert gewesen, erkannte ich drei Teslaspulen, Gebilde, welche aus einem Horror-
film der dreissiger Jahre zu entstammen schienen, allerdings in einer
moderneren Ausführung: Eine runde, von Kupferdraht umwickelte
Säule mit einem silbern erscheinenden Aufsatz obendrauf, welche wiederum auf einem etwa quadratischen schwarzen Gehäuse stand, das
über zahlreiche Anschlüsse und Schalter verfügte, und aus welchem je
ein sehr dickes Kabel heraustrat.

Die drei Teslaspulen waren angeordnet, sodass sie ein Dreieck bildeten, mit etwa drei Metern Abstand zwischen ihnen. In der Mitte dieses Dreiecks standen einige Gitter aus gelbem Plastik, welche wohl
etwas abgrenzen sollten. Ich wagte vorsichtig einen Blick hinter diese
Plastikgitter und sah ein tiefes Loch im Boden, wohl anderthalb bis
zwei Meter Durchmesser, welches grob in den Boden gebohrt worden
war, sodass die Ränder gezackt und unregelmässig erschienen. Das
Loch war tief genug, als dass ich nichts ausser Dunkelheit darin erkennen konnte.

Ich war vorsichtig, nichts von all diesen Gerätschaften anzufassen,
da viele davon den Eindruck machten, dass sie gefährlich sein konnten. Ich schloss nicht aus, dass einige Teile noch unter Strom stünden.
Weiterhin aber verwunderte mich, dass es keinerlei Anzeichen dafür
gab, dass sich irgendwer hier befinde. Es war mir vollkommen unbe-
greiflich, dass dieser Ort so leer sei, und auch noch im Anschein, mit-

ten während der Durchführung von welchen Experimenten auch immer verlassen worden zu sein.

Am Ende dieser Halle gab es eine weitere Tür, die nicht verschlossen war. Dahinter kam ich in einen Aufenthaltsraum, mit einem Esstisch in der Mitte und einer Kochnische. In einer Ecke gab es ein Fernsehgerät, das an der Wand befestigt war. Auf dem Esstisch standen einige Teller und Geschirr. Erneut empfand ich diesen unangenehmen Eindruck, dass dieser Ort mit grösster Eile verlassen worden war.

Erst der nächste Raum gab mir eine erschreckende Gewissheit darüber, wo die Arbeiter dieses Ortes abgeblieben waren. Es war ein Büroraum, mit mehreren Schreibtischen und zahlreichen Aktenschränken an der Wand. In einer Ecke dieses Raumes sah ich den grässlichen Anblick verkohlter Überreste von vielleicht einem Dutzend Menschen, sie waren dermassen verbrannt, dass es schwer war zu erkennen, wo ein Kadaver endete und der nächste anfing.

Die Körper waren alle nahe beieinander, im hinteren Teil des Raumes. Ein Tisch lag unweit von ihnen umgekippt auf dem Boden, als hätten sie sich damit noch vor irgendetwas schützen wollen. Nebst den Körpern und dem Boden und den Wänden in unmittelbarer Nähe von diesen, war der umgekippte Tisch das Einzige, was ebenfalls verbrannt erschien. Es gab sonst keinerlei Anzeichen für ein grösseres Feuer, das hier gewütet hätte.

Ich schaute mich weiter in diesem Raum um, auf der Suche nach Hinweisen darüber, was wohl geschehen sein konnte, doch alles, was ich fand, waren Dokumente, mit endlosen physikalischen Formeln und technischen Erläuterungen, denen ich nichts abgewinnen konnte. Vor dem umgekippten Tisch lag allerdings eine Videokassette, welche wohl von diesem Tisch gefallen war. Sie schien nicht beschädigt. Ich hatte zuvor in der grossen Halle Videokameras bemerkt, das mussten wohl Aufnahmen der Experimente sein. Meine Neugier darüber war enorm, sodass ich sogleich diese Kassette an mich nahm.

Gerade in dem Moment hörte ich ein seltsames Grollen, welches aus der grossen Halle zu kommen schien. Schnell lief ich dorthin zurück, doch es schien noch immer menschenleer. Dann bemerkte ich, dass aus dem Loch bei den Teslaspulen ein glühendes Licht kam. Der Lärm war wieder zu hören, diesmal klang es schon mehr nach einem Grölen, wie von einem wilden Tier, jedoch mit einer Tiefe und Stärke, die das Geräusch durch Mark und Bein gehen liessen. Vorsichtig näherte ich mich dem Ort, welcher nun eine unerträgliche Hitze ausstrahlte. Die Plastikgitter um das Loch herum begannen gar zu schmelzen. Solche Hitze trat dort heraus, dass ich mich nicht einmal genug nähern konnte, um in das Loch hineinzublicken. Erneut das Grölen.

Das Ganze wurde mir langsam unheimlich, ich meinte, wohl genug gesehen zu haben, und suchte den Weg hinaus. Während ich die vielen Treppen nach oben lief, hörte ich immer wieder dieses grässliche Geräusch hinter mir. Ich schaffte es schliesslich die vielen Treppen hinauf und dann nach draussen, und lief so schnell ich konnte von diesem verfluchten Ort weg.

In der Universität Thurikon konnte ich dank der Hilfe von Professor Grebenschtschikow auf ein Gerät zugreifen, mit welchem ich diese Videokassette, welche eines etwas veralteten, aber professionellen Formats war, sichten konnte. In einem kleinen, fensterlosen Arbeitszimmer standen auf einem Schreibtisch mehrere Bildschirme, einer davon ein Röhrenfernseher, und auf einem metallenen Regal daneben befanden sich zahlreiche Videogeräte für alle nur erdenklichen Formate. Ich suchte das, welches für das DVCAM Format bestimmt war und legte dort die Kassette ein.

Auf einem der Bildschirme begannen die Bilder abzulaufen. Sie zeigten die Halle, welche ich gesehen hatte, mit den Teslaspulen und dem seltsamen Loch in der Mitte. Auf dem Video war die Halle allerdings voll von Leuten in weissem Kittel. Die Kamera befand sich einige Meter entfernt und leicht erhöht, sodass alle Vorgänge gut zu sehen war. Es war nicht genau zu hören, was die Leute sagten, bis nach einer Weile einer von ihnen rief: „Also gut, wir fahren nochmal hoch." Ein anderer kam auf ihn zu, scheinbar ein älterer Herr, und besprach etwas, was nicht hörbar war. Der Erste hörte einen Moment zu, dann schien er den anderen abwimmeln zu wollen, und rief erneut: „Also los!"

Ein lautes Surren und Knistern war zu hören, elektrische Blitze schossen von den Teslaspulen hervor. Das Licht in der Halle flackerte, wohl wegen der grossen Beanspruchung der Stromversorgung. Schliesslich bildeten sich stabile Funkensprünge zwischen den Teslaspulen. Nun begann ein Licht aus dem Loch in der Mitte zu leuchten, so wie ich es auch gesehen hatte. Auch hörte ich dieses grässliche hohle Grollen, dass ich selbst an dem Ort gehört hatte. Das Bild verzerrte sich plötzlich, als wäre die Videoaufnahme beschädigt. Es kam und ging immer wieder, zwischendurch konnte ich immer einen Moment lang die Halle erkennen. Inzwischen kam ein heller Strahl aus dem Loch, und ich meinte eine Form zu sehen, die sich daraus erhob. Dann plötzlich Rufe: „Nein, halt, aus, aus, aus!", rief jemand. Die Teslaspulen wurden heruntergefahren, die Funkensprünge hörten auf. Nun war das Bild wieder stabil und klar.

„Was ist denn jetzt?", rief der Mann, der am Anfang das Signal zum Start gegeben hatte. Erneut kam der andere Herr auf ihn zu und redete mit ihm, ohne dass die Konversation hörbar wäre. „Nein, es reicht", rief der erste merkbar irritiert. „Wir können so nicht fortfahren, es ist zu gefährlich", sagte der andere, nun laut genug, als dass ich ihn hören konnte. „So geht das nicht, so nicht", sagte er lautstark. Dann entfernte er sich schräg in Richtung der Kamera, sodass einen Augenblick lang sein Gesicht genauer zu sehen war.

Ich hielt das Videogerät an, und spulte zurück. Mit einigen Knöpfen am Gerät konnte ich Bild um Bild einzeln betrachten. Langsam liess ich das Video so laufen, bis ich es dort anhielt, wo der Mann am nächsten zur Kamera stand, und ich sein Gesicht erkennen konnte. Mit zugekniffenen Augen schaute ich auf den Bildschirm, ich konnte kaum fassen, was darauf zu sehen war: Es war der alte Alois aus dem Gasthaus.

4

Ich fuhr früh morgens am nächsten Tag zurück nach Märzingen, wo es scheinbar seit meiner Abreise zwei Tage zuvor erneut einen Brand gegeben hatte. Diesmal hatte es die Wirtschaft erwischt, welche ich bei meiner anfänglichen Ankunft aufgesucht hatte. Die Feuerwehr war noch immer vor Ort, die Überreste des Gebäudes rauchten noch. Zahlreiche Anwohner waren um die Ruine versammelt, in ihren entgeisterten Gesichtern spiegelte sich die Verzweiflung von ernsthaften Zweifeln, dass ihr Dorf überhaupt noch bewohnbar sein könnte.

Der Wirt stand mit wässrigen Augen vor seiner zerstörten Existenz, einige der älteren Anwohner versuchten ihn zu trösten. Ich zeigte wenig Rücksicht vor seiner Situation und ging sofort auf ihn zu, um nach dem alten Mann zu fragen. Er reagierte anfangs nicht auf mich, doch als ich ein zweites Mal fragte, kam er zu sich. „Alois?", fragte er mit leiser Stimme. Mit wenigen Worten deutete er die Strasse entlang, es sei das rote Haus an der Ecke, dort wohnte der Alte.

Ich lief zum erwähnten Haus und klopfte an die Tür. Als keine Reaktion kam, versuchte ich die Tür zu öffnen, die nicht abgeschlossen war, und trat ein.

„Herr Alois?", rief ich hinein. Keine Antwort kam, aber ich sah oben an der Treppe ein Licht.

„Herr Alois? Entschuldigen sie mein Eindringen", sagte ich, während ich die Treppe langsam hinaufstieg, „aber ich muss sie etwas wichtiges fragen."

Oben befand sich ein altmodisch eingerichtetes Wohnzimmer, mit einigen Bücherregalen an der Wand und einem Kamin in der Mitte. In diesem brannte ein Feuer, davor sass der alte Mann Alois in einem dunkelgrünen Sessel und starrte auf die Flammen.

„Sie wissen es also", sagte er, ohne mich anzusehen.

„Ich habe das Videoband gesehen, was ich im Labor gefunden habe", antwortete ich. Alois nickte seufzend und mit geschlossenen Augen.

„Dann wissen sie, dass es für mich zu spät ist", sagte er.

„Aber was genau habe ich gesehen?"

Alois atmete tief durch und rieb sich die Augen.

„Wir haben praktische Experimente in Dämonologie durchgeführt", erklärte Alois ruhig, „zu militärischen Forschungszwecken."

„Dämonologie?", fragte ich ungläubig.

„Dämonen, Teufelserscheinungen", sagte er nur.

„Verstehe ich ja, aber wie passt das zu militärischer Forschung?", hakte ich nach.

„Haben wir nicht alles sonst, was die Wissenschaft dem Menschen gab, im Krieg verwendet? Vom Eisen und Feuer zu Sprengstoff, Chemie, Krankheiten und zuletzt sogar das Atom, das Gefüge unserer Realität selbst. Warum also sollten wir nicht auch etwas für den Krieg anwenden, was jenseits unserer Realität ist?"

„Sie haben dort ernsthaft versucht, Dämonen als Kriegswaffe heraufzubeschwören?"

„Der Name des Projektes war *Technomagische Inzeption metaphysischer Phantasmen für die gefechtliche Anwendung*. Aber banal ausgedrückt lief es auf das hinaus, was sie beschreiben."

„Und sie haben nie gedacht, dass das ganze nach hinten losgehen könnte? Sie haben sie dieses… etwas entfesselt, was Schrecken und Zerstörung verbreitet", sagte ich. Zum ersten Mal blickte Alois zu mir herüber.

„Ich war von Anfang an gegen dieses Projekt. Ich habe mich seit Jahren, nein, Jahrzehnten dem Studium von Dämonologie und Beschwörungen gewidmet", er deutete auf das Bücherregal an der Wand, „und ich konnte das Projekt deshalb auch nicht abtun. Einerseits, weil es meine Studien und Thesen in ungeahnter Weise voranbringen würde; vor allem aber, weil es mir grössere Angst machte, dass man dieses Projekt ohne mich umsetzen könnte, getrieben von einem Haufen von

Fanatikern ohne jegliche Besonnenheit, geschweige denn einem Bewusstsein darüber, mit welchen Mächten sie dort spielten.

Ich habe versucht, dem Leichtsinn meiner Kollegen irgendwie Einhalt zu gebieten, als ich sah, dass es gar zu weit getrieben wurde. Aber man hörte nicht auf mich. Als die ersten Resultate positiv ausfielen, verschwand jede Zurückhaltung, jede Vorsicht. Ich wusste, dass so etwas geschehen würde, aber ich konnte es nicht mehr aufhalten. Es ist grausam, wenn man zusehen muss, wie ein solcher Leichtsinn betrieben wird, aber niemand auf die Warnungen hört. Jede Nacht raubt mir dieser Gedanke den Schlaf."

Während er dies sagte, begann ich einen immer stärkeren Geruch nach Rauch zu vernehmen. Nach kurzer Zeit war der Raum vernebelt, und vom Erdgeschoss her konnte ich Feuer erkennen. Das Haus stand in Flammen.

„Es ist so weit", sagte Alois, noch bevor ich etwas sagen konnte.

„Bitte?", fragte ich erregt, „das Haus steht in Flammen!"

„Ich wusste, es wäre nur eine Frage der Zeit, bis mich der Feuerteufel heimsucht, wie er auch alle meine anderen Kollegen heimsuchte."

„Wir müssen hier sofort raus", rief ich, und versuchte Alois aus dem Sessel zu zerren, doch er blieb stur sitzen.

„Es ist zu spät für mich. Retten sie sich. Dort bei dem Fenster hat es einen Schuppen darunter, sie können auf das Dach von diesem springen. Vielleicht schaffen sie es."

Er wendete seinen Blick wieder auf den Kamin, während die Flammen von unten her immer näherkamen. Die Hitze wurde unerträglich, und das Atmen wurde schwer. Ich deckte mir Mund und Nase mit dem Hemd zu, um Abhilfe zu schaffen. Erneut versuchte ich Alois aus dem Sessel zu zerren, doch er schlug mir die Hand weg und gab mir einen Schubs in Richtung des Fensters. Draussen war bereits die Feuerwehr zu hören.

DAS EINSAME SCHIFF

1

Da stand er also vor mir, der stählerne Leviathan, dieses überwältigende metallene Monstrum, vom Menschen erschaffen, um die Zivilisation entlang der sieben Meere mit den Erzeugnissen der Industrie zu nähren, beladen mit einem endlosen Berg von eisernen Kisten.

Die unmittelbare Nähe dieses riesigen Schiffes, welches sich mit seiner gestapelten Ladung nun direkt vor mir türmte, gab mir ein Gefühl von Bedeutungslosigkeit, wie ein winziges Insekt, welches mit einer völlig beiläufigen Bewegung dieses Ungetüms hätte zerquetscht werden können.

Während der nächsten Monate sollte das Innere dieses mechanischen Ungeheuers mein Zuhause wie auch mein Arbeitsplatz werden. Ein entfernter Verwandter hatte seine Verbindungen eingesetzt, um mir diese Arbeit zu beschaffen, was an sich eigentlich schon Grund genug gewesen wäre, die Ängste und Ungewissheiten, die sich nun in mir ausbreiteten, ausser Acht zu lassen.

Doch ich war ohnehin in einer völlig ausweglosen Situation gefangen. Von einer Gelegenheitsarbeit zur nächsten gestolpert, war ich immer weiter unfreiwillig zu einem Ausgestossenen gewandelt, zu einem Geächteten einer Gesellschaft, in welcher kein Mensch mit jemandem verkehren wollte, der weder materiellen Reichtum noch sozialen Einfluss besass, und erst recht nicht mit solch einem, der auch noch von seinen Dämonen geplagt wurde.

Schon in der Bibel steht geschrieben: „Denn wer da hat, dem wird gegeben, dass er die Fülle habe; wer aber nicht hat, dem wird auch das genommen, was er hat." Und ich war nun mal der, der nicht hatte. Ich denke, die Verfehlung von Personen wie mir ist es, den anderen ihre Vorstellung einer gerechten und von Überfluss durchzogenen Welt zu nehmen, eine Welt welche Tugend reichlich belohnt und nur die Laster bestraft; und so es ist letztlich nicht eine Verachtung der Person selbst, sondern die Zurückweisung dieser unerträglichen Erkenntnis, dass die Welt in ihrem Wesen nun doch ungerecht wäre.

Und so stieg ich mit gewisser Resignation die stählerne Treppe hinauf auf das Deck der GSC Infinity. Zahllose Container stapelten sich dort bereits, geheimnisvolle eiserne Truhen, die alle nur erdenklichen Güter in sich führen sollten, die aber nach aussen hin allesamt das gleiche vollkommen anonyme und nichtssagende Erscheinungsbild von gewelltem Stahl trugen, sich allenfalls nur in den Farben oder den Firmenzeichen, die darauf schabloniert waren, unterschieden.

Ein Matrose wartete am Ende der Treppe auf mich, ein schmächtiger junger Mann von südwestasiatischer Erscheinung, der mit leerem Blick in die Gegend starrte. Statt den Matrosenuniformen, die man sich aus vergangenen Zeiten vorstellte, trug er einen wohlfeilen blauen Ganzkörperanzug, welcher mit Flecken von Schmierfett versehen war, darüber eine orangene Warnjacke, und einen weissen Helm auf dem Kopf. In seiner Hand hielt er einen weiteren solchen Helm, den er mir bei meiner Ankunft wortlos übergab und mir mit einer Geste andeutete, ihn aufzusetzen. Dann bat er mich in gebrochenem Englisch, dass ich mit ihm zum Kapitän kommen solle.

Er führte mich den Laufgang an der Seite des Schiffes in Richtung des Aufbaus. Ich lief an den endlos aufgetürmten Containern vorbei, zwischen welchen sich ab und an eine begehbare Spalte fand, eine Enge Schlucht zwischen eisernen Wänden, in welche sich ein Mensch zwängen konnte, um sich der Pflege der stählernen Bestie hinzugeben. Selbst über dem Laufgang, den wir entlangliefen, stapelten sich die

Container, mit eisernen Säulen gehalten, als hätte man selbst den letzten Quadratzentimeter ausnutzen wollen, sodass nicht einmal die menschliche Notwendigkeit der Fortbewegung dem eigentlichen Zweck des Schiffes im Wege stünde.

Während des langen Marsches trafen wir keine einzige weitere Person an. Das Schiff schien völlig brach von organischem Leben, stattdessen häuften sich die metallenen Organe dieses mechanischen Ungeheuers, Seilwinden, Rohre und Leitungen aller Art, Ventile, Lüftungsschächte.

Ich betrat schliesslich den Aufbau des Schiffes und bekam in dem sterilen Treppenhaus, in das ich eintrat, erstmals den Eindruck eines menschlichen Massstabes. Der Matrose, der vor mir herlief, führte mich ein halbes Dutzend Etagen hoch, bis wir das Brückendeck erreichten. Er öffnete die Tür zur Brücke und deutete mich mit einer Geste hinein.

Die Aussicht der Fenster in der Kommandobrücke liessen das Schiff beinahe schon überschaubar ersehen, erst der Anblick eines winzigen Matrosen, nur noch durch seine Warnweste identifizierbar, liess mich die tatsächliche Skala des Schiffes erahnen.

Vor endlosen Konsolen mit Bildschirmen und sonstigen Anzeigen sass ein Mann, gekleidet in einem weissen Hemd mit schwarz-goldenen Epauletten auf den Schultern, welcher immerhin einen weitaus humaneren Eindruck machte als der Matrose in Ganzkörperanzug und Warnweste. Er stellte sich sogleich als Kapitän Alvarez vor. Von seinem Namen abgesehen war die Herkunft dieses Mannes schwer zu erahnen, er hätte sowohl Spanier wie auch Portugiese, aber auch Mexikaner, Brasilianer, Chilene oder sonst etwas sein können, vielleicht sogar US-Amerikaner. Sein Teint war eher auf der braunen Seite, vielleicht aber nur von der Sonne braungebrannt, denn seine Gesichtszüge waren unscheinbar und europäisch, die Augen auffällig grün.

Kapitän Alvarez hielt sich mit den Worten knapp, als Leichtmatrose hatte ich dem Bootsmann zu unterstehen, er würde mich in meinen Arbeitsbereich einführen. Ansonsten seien die Räumlichkeiten der Offiziere für mich nicht ohne ausdrückliche Erlaubnis zu betreten. In meiner Verwunderung darüber, wie wenige Leute ich bisher angetroffen hatte, fragte ich, wie viele Personen hier an Bord arbeiteten. Alvarez antwortete, es seien genau siebenundzwanzig: sieben Offiziere, und zwanzig Matrosen oder sonstige Besatzung. Ich sollte mich also nicht wundern, wenn das Schiff durchaus leer erschien.

Kapitän Alvarez Schüttelte mir die Hand, und in dem Moment kam auch der Bootsmann hinein, der mir als Bootsmann Than vorgestellt wurde. Dieser Mann schien von südostasiatischer Herkunft, doch erneut fand ich seine Abstammung schwer einzuordnen. Sein Englisch war durchaus korrekt, aber von einem starken Akzent durchzogen.

Than führte mich wieder mehrere Decks nach unten und zeigte mir meine Kajüte, ein kleiner, karger Raum mit einem Bett, einem Schrank und wenig mehr. Er zeigte mir auch die sonstigen Einrichtungen, den Speiseraum der Besatzung, den Gemeinschaftsraum, den Waschraum. Die Einrichtung war sehr schlicht gehalten, doch im Vergleich zum kalten, abweisenden Aussenraum des Schiffes befand ich diese Orte geradezu einladend.

Meine erste Aufgabe begrenzte sich darauf, das Oberdeck zu Schrubben, und ich bekam dafür einen Mopp und einen Eimer. Keine besonders noble Tätigkeit, doch ich hatte auch nichts anderes erwartet. Nachdem ich mich also in einem blauen Ganzkörperanzug und orangener Warnweste gekleidet hatte, begann ich nun diese scheinbar endlose Aufgabe, das gigantische Oberdeck zu schrubben, während das Schiff inzwischen ablegte.

Wie ich allerdings meine einsame Arbeit anging, umgeben von abertausenden Tonnen leblosen Stahls und grollenden Maschinen, begann ich die Abgeschiedenheit zu schätzen, die Ferne von einer Menschheit, mit der ich es nie geschafft hatte, in Einklang zu kommen und die auch mich immerzu nur abgewiesen hatte.

2

Ich wuchs auf in einem fremden Land, von welchem ich weder die Sprache kannte noch dessen Kultur begreifen konnte. In dieser Zeit war ich stets ein Fremder in diesem fremden Land und ich konnte niemals endgültig feststellen, ob es dieses Land war, welches seltsam sei, oder ob ich der Seltsame sein sollte. Möglicherweise war es weder das eine noch das andere, sondern lediglich das Aufeinandertreffen des Unterschiedlichen, so wie weder ein Vogel noch ein Fisch für sich selber seltsam sind, aber jeder dem Anderen aus der eigenen Perspektive durchaus so erscheinen würde.

Und so hegte ich immerzu die Zweifel, was nun das Richtige sei, ob das, was mir angelernt wurde, oder das, von dem ich mich in diesem Fremden Land umgeben fand. Ich vermute, dass es keine richtigen oder falschen Sitten gibt, sondern dass dieser Massstab immer nur von den Erwartungen des jeweiligen Umfeldes definiert wird. Ich konnte somit also auch nicht erwarten, dass ein ganzes Land sich mir und meinen, aus Sicht der Ortsansässigen, fremdländischen Eigenheiten anpassen sollte. Zugleich war es nicht an mir, mich in diesem Ungewohnten Leben wohlzufühlen. Ich verkam nach und nach zu einem Schauspieler, der sein ganzes Dasein lediglich vorspielte, unfähig er selbst zu sein, sondern immerzu gezwungen, die erwartete Darbietung vorzuführen.

Während meiner Zeit auf dem Schiff hingegen, fand ich mich in einem Umfeld wieder, in welchem es keine solche Normalität zu geben schien. Die unterschiedlichen Herkünfte und Kulturen der Besatzung trafen in einem seltsamen Equilibrium der Gleichgültigkeit aufeinander, worin sich letztendlich allesamt darauf verstanden, sich nicht zu verstehen. Stattdessen wurde aneinander vorbei gelebt, in einer angespannten Zurückhaltung, dem Anderen nicht in die Quere zu kommen. Erst die banalen Arbeitsaufgaben setzten einen einschlägigen Massstab bezüglich des gegenseitigen Umgangs.

Ich baute wenig Bezug zum Rest der Besatzung auf, obgleich wir viel Zeit auf relativ engem Raum verbrachten. Während der Essenszeiten unterhielt ich mich mit einigen der anderen Matrosen, welche allesamt aus Ländern und Regionen zu stammen schienen, welche mir jenseits davon, wohl mal den Namen gehört und sie auf einer Weltkugel halbwegs zuordnen zu können, völlig unbekannt waren.

Der Werdegang der restlichen Besatzung schien immer demselben Muster zu folgen: Ursprünglich aus ärmlichen Verhältnissen, heuerte auf kleinen Frachtern an, und schaffte es dann auf dieses moderne Riesenschiff, welches weitaus bessere Arbeitsbedingungen bot. Manche führten eine gewisse Familientradition weiter, ihr Vater sei Matrose gewesen, ihr Grossvater auch.

Obwohl wir zwar die gleiche Sprache sprachen, war es mir nicht wirklich möglich, mich in das Leben dieser Leute einzufühlen. Zu schwer war es mir, ihre Herkunft zu visualisieren, zu ungewohnt schienen mir ihre Erfahrungen, zu unverständlich ihre Lebensauffassung. Mal schienen sie mir raffgierige Materialisten, die ihre Heimat für diesen schwimmenden Käfig aufgegeben hatten, um sich einen winzigen Bruchteil von Reichtum aneignen zu können; mal schienen sie mir aufopfernde Asketen, die dieses Schicksal auf sich nahmen, um ihren Angehörigen ein besseres Leben zu ermöglichen.

Die meiste Zeit verbrachte ich allerdings damit, das Deck zu schrubben. Dies war seit meiner Ankunft die einzige Aufgabe gewesen, die mir zugeteilt worden war. Doch es war mir recht, die monotone Arbeit und repetitive Bewegung liess mich in einen fast tranceartigen Zustand fallen, wie ein buddhistischer Mönch vor einer immerzu kreisenden Gebetsmühle, umgeben nur vom endlosen Rauschen des Meeres und alleine mit meinen Gedanken.

Während ich meiner Arbeit auf dem Schiff nachging, traf ich anfangs noch ab und an auf weitere Matrosen, welche anderen Wartungsarbeiten nachgingen, vor allem Rost klopfen und streichen, ebenfalls solche Sisyphusaufgaben, welche auf dem Schiff niemals ein

Ende nahmen. Wenn eine Seite fertig gestrichen war, musste man bereits auf der anderen wieder anfangen. Mit der Zeit aber empfand ich das Deck immer menschenleerer, bis ich irgendwann über Tage während meiner Arbeit keine einzige weitere Seele antraf. Erst während der Mahlzeiten sah ich wieder die restliche Besatzung.

Doch auch diese Zusammenkünfte wurden mit der Zeit weniger zahlreich. Manchmal waren wir gerade mal drei oder vier Personen im Esszimmer. Ich nahm an, die anderen müssten wohl gerade arbeiten und würden dann zu anderer Stunde essen. Auch den Bootsmann, welcher mein Vorgesetzter war, sah ich nur selten. Ein einziges Mal kam er auf mich zu, während ich das Deck schrubbte, fragte mich, ob ich mit der Arbeit zufrieden war, was ich bejahte, und versprach mir, dass er mich eventuell mal mit dem Streichen des Schiffes beauftragen würde. Dann sah ich ihn lange Zeit nicht wieder.

Ich verlor bald das Gefühl der Zeit, jeder Tag war genau gleich: ich stand auf, ass mein Frühstück, schrubbte, ass zu Mittag, schrubbte, ass zu Abend, ging zu Bett. Waren wir eine Woche zur See? Einen Monat? Ein Jahr? Vielleicht war ich schon mein Leben lang hier, und alle meine Erinnerungen hatte ich mir nur eingebildet. Meine Einbildungen und Vorstellungen verschmolzen sich nach und nach mit der Realität, in der ewigen Leere, die mich umgab sah ich Welten und Universen, aus meiner Monotonie entfloh mein Geist in die Unendlichkeit.

Nachdem ich meine Jugend in der Fremde verbracht hatte, kehrte ich einstmals in meine ursprüngliche Heimat, welche ich tatsächlich nie gekannt hatte, zurück und versuchte, mein Leben nunmehr dort weiterzuführen. Doch es fiel mir schwer, denn obgleich ich mich nun erstmals tatsächlich mit meinen Mitmenschen verstehen konnte, so waren sie mir trotzdem fremd, denn ich hatte nie jemanden von hier tatsächlich gekannt. Ich fand eine geschlossene Gesellschaft vor, welche kaum Anstalten machte, sich mir, dem entwurzelten Auswanderer, zu öffnen. Ein rollender Stein setzt kein Moos an, heisst es, aber ein Stein ohne Moos ist auch ein Stein ohne Leben.

Vielleicht war es mit diesem Schiff ebenso, dass es, da ständig in Bewegung, nicht zuliess, dass auf ihm tatsächliches Leben gedeihe. Keines der Mitglieder der Besatzung hatte einen wirklich lebendigen Eindruck auf mich gemacht, sie schienen alle nur leere Hüllen von Menschen zu sein, äusserlich unauffällig, aber mit einem Blick, hinter welchem kein Geist, keine Seele war.

Mir fiel derweil auf, dass ich schon lange Zeit überhaupt kein anderes Besatzungsmitglied gesehen hatte. Sogar zu den Mahlzeiten war das Esszimmer leer. Meine Speise erschien wie von Geisterhand auf dem Tresen, den Koch hatte ich sowieso noch nie zu Gesicht bekommen.

Mir schien, das Schiff fuhr ganz von allein, als hätte es sein eigenes Bewusstsein, als wäre es ein eigenständiger Organismus, in welchem ich wohnte wie ein Bandwurm. Ich hörte das Knurren seiner Gedärme, und das Rufen seines Horns, doch ich sah keinen Menschen, der irgendeinen Einfluss auf die Bestie hätte.

Eines Tages liess ich meinen Mopp und den Eimer eine Weile beiseite, als ich meinte, das ganze Deck bereits zum hundertsten Mal geschrubbt zu haben, und unternahm einen kleinen Spaziergang durch das Schiff. Ich hoffte, vielleicht einmal auf ein weiteres Besatzungsmitglied zu treffen, welches mir die Gewissheit geben könnte, dass wir Menschen noch über das Schiff herrschten, und dass dieses nicht bereits zum Leben erweckt war und nach seinem eigenen Instinkt handelte.

Ich lief jeden letzten Winkel ab, zu welchem mir der Zugang gestattet war, doch ich fand niemanden. Es war alles vollkommen menschenleer. Ich klopfte an die Kajüte des Bootsmannes, und als keine Antwort kam, öffnete ich vorsichtig die Tür, fand diese aber völlig leer vor, als wäre sie nicht einmal bewohnt.

Als der Mittag kam, fand ich meinen gefüllten Teller im Esszimmer vor, und ich schaute in die Kombüse, ob ich den Erbringer dieser täglichen Speisen wohl auffinden könnte. Die Kombüse aber war ebenfalls leer, sie war auch sauber und aufgeräumt, als wäre noch nie etwas darin gekocht worden.

Ich versuchte diese seltsamen Vorgänge zu ignorieren und widmete mich weiterhin meiner Aufgabe, das Deck zu schrubben. Weitere Tage vergingen und ich begann zu überlegen, dass wir noch kein Land und kein anderes Schiff gesichtet hatten, in der ganzen langen Zeit, wo wir zur See waren. Wie lange diese Zeit war, konnte ich gar nicht mehr einschätzen. Mein ganzes Leben, so schien es mir, war dieses Schiff und mein Mopp, mit dem ich das Deck schrubbte. Jeden Tag, immer wieder.

Die ständige Leere und Einsamkeit wurden wider mein Erwarten irgendwann zur Belastung, und ich fasste schliesslich den Entscheid, einmal einen Blick in die Kommandobrücke zu werfen, wenn auch nur, um nach dem Verbleib des Bootsmannes zu fragen.

Ich lief die vielen Treppen bis zur Brücke hinauf und stand zögernd vor der Tür mit dem Schild, welches Unbefugten den Zugang verwehrte. Ich fühlte, als hielte mich eine unsichtbare Kraft davon ab, die Tür zu öffnen, als kämpfte ich gegen etwas Unsichtbares. Dann schliesslich schaffte ich es die Türklinke zu greifen, und machte die Tür auf.

Ich blickte in die Kommandobrücke mit ihrer grossen Konsole voll von Bildschirmen, Anzeigen und Seekarten, doch auch hier war kein Mensch. Vorsichtig trat ich hinein und sah mich um. Die Gerätschaften schienen alle zu funktionieren, wenngleich ich auf einem Bildschirm, welcher eine Seekarte und Radarpositionen anzeigen sollte, keinerlei Land oder andere Schiffe sah.

In dem Moment hörte ich von draussen einen Ruf, der mich fast zu Tode erschrak. Vor der Tür stand Bootsmann Than, der mich mit ernstem Blick anschaute. Ich dürfe dort nicht rein, so steht es unübersichtlich auf dem Schild. Schnell sollte ich raus, bevor mich ein Offizier sehen sollte. Er tadelte mich aber sagte auch, er würde vergessen, dass das passiert war. Meine Aufgabe, so erklärte er mir, sei es zu schrubben. Immerzu das Deck schrubben.

Er bat mich mit einer Geste die Tür zur Brücke zu schliessen, dann lief er vor mir die Treppe hinunter. Ich lief ihm nach, doch als ich mich zum nächsten Treppenlauf kehrte, war er spurlos verschwunden.

Seine Warnung war allerdings eindrücklich gewesen, und ich gehorchte. Meine Aufgabe war es, das Deck zu schrubben. Immer und immer wieder das Deck schrubben. Und wenn ich es fertig geschrubbt hatte, begann ich von vorne.

4

Als ich mich nach der Rückkehr aus der Fremde meiner lange nicht gekannten Verwandtschaft näherte, so hatte ich auch dort keinen warmen Empfang gefunden, sondern wurde immerzu als Fremdling angesehen, als einer, der nicht wirklich dazugehörte, da er nicht dieselben Wurzeln, Traditionen und Erfahrungen mit sich brachte. Ich fand mich erneut ausgegrenzt, verachtet, nicht als Person, sondern als der unwillentliche Angriff auf eine eingesessene Vorstellung über das Leben.

Mit der Zeit begann ich nunmehr Ressentiment mir gegenüber zu spüren, als hätte ich mit meiner blossen Anwesenheit meiner Sippschaft etwas Unrechtes getan, als wäre ich es gewesen, der entschieden hätte, sie zu verlassen und sich auf den Weg in die grosse, weite Welt zu machen, und, vor allem, als wäre ich jemand, der sich aus ebendiesem Grund etwas Besseres meinte. Es war ihnen wohl völlig unverständlich, dass ich, nachdem ich diese entlegenen, unbekannten Orte gekannt hatte, zur biederen Heimat zurückkehren sollte, wenn nicht um mich als Erleuchteter bei den Toren einzufinden.

So ist wohl die Tragik des Menschen, dass er in der Fremde die Glückseligkeit erhofft, die er in der Heimat nicht zu finden glaubte, und die Erkenntnis nicht erträgt, dass es doch nicht die Fremde ist, die diese Glückseligkeit birgt. Dass ich also die Fremde gekannt hatte und doch das Wohlbefinden in der Heimat suchte, empfanden sie folglich, so schien es mir, als eine Demütigung, die ich ihnen angetan hatte, indem ich die Illusion auf all den Segen, der in der Fremde warten würde, verflüchtigen liess.

Dies waren die Gedanken, welche mir durch den Kopf gingen, während ich weiter dieses einsame Schiff schrubbte. Tag ein, Tag aus, war es immerzu dasselbe. Wie mein Leben selber war es eine eintönige Monotonie, welche sich immer im Kreis drehte, ohne wirklich von der Stelle zu kommen.

Ich wunderte mich inzwischen gar nicht mehr darüber, dass niemand auf dem Schiff anzutreffen war. Ich ass alleine meine Mahlzeiten, ging meiner Arbeit nach, und wagte es nicht, die Orte des Schiffes zu betreten, für welche ich nicht die Befugnis hatte. In meiner Vorstellung tummelte sich dahinter der Rest der Besatzung, vielleicht lachten sie mich insgeheim aus, dass ich meine unsinnigen Runden auf dem Deck drehte, immerzu mit meinem Mopp und meinem Eimer.

Einstmals aber überraschte mich der laute Lärm vom Horn des Schiffes. Ich hob den Blick und schaute um mich herum, und konnte in der Ferne tatsächlich Land erblicken. Erneut ertönte das Horn.

Wenige Zeit später näherten wir uns einem Hafen, eine grosse Einrichtung, auf welcher sich abertausende Container stapelten, und wo andauernd Lastwagen und Kräne hin und her fuhren, um diese Container von einem Ort zum nächsten zu bringen. So gross war dieser Hafen, dass ich vom Schiff aus nichts anderes sehen konnte, keine Stadt, kein Dorf, keine Siedlung. Nur endloser Hafen mit seinen Millionen von Containern.

Zum ersten Mal seit langem sah ich wieder andere Mitglieder der Besatzung. Einige der Matrosen bereiteten die Seile vor, mit welchen wir anlegen würden, und oben auf der Kommandobrücke sah ich einige der Offiziere in den weissen Hemden, wie sie ab und an auf den Nock hinaustraten, um die Manöver zu überwachen. Nicht lange danach hatten wir am Hafen angelegt, und die enormen Kräne begannen einige Container abzuladen und andere wieder aufzuladen.

Als ich mich einen Moment lang über die Reling lehnte, um das Geschehen zu beobachten, hörte ich Kapitän Alvarez von oben mir zurufen. Er sagte mir, ich solle auf jeden Fall auf dem Schiff bleiben, denn ich hätte keine Einreiseerlaubnis für dieses Land. Ausserdem wäre es sowieso verboten, auf dem Hafengelände herumzulaufen.

Ich beobachtete noch eine Weile die viele Bewegung, welche eine willkommene Abwechslung war, doch auch dies wurde schon bald monoton. Container aufladen, Container abladen, Container aufladen,

Container abladen. Immer und immer wieder, es konnte einem schwindelig werden beim Zuschauen.

Gegen Abend war das Be- und Entladen abgeschlossen, und wir legten wieder ab. Nach einer kurzen Weile war der Hafen nichts mehr als einige Lichter am Horizont, und noch etwas später war er völlig verschwunden. Welcher Hafen das war, welches Land wir besucht hatten, nichts davon wusste ich. Am Tag darauf waren wir wieder auf hoher See, und ich schrubbte wieder das Deck.

5

Nachdem ich mich weder in der Fremde noch in der Heimat hatte zurechtfinden können, war es ein entfernter Onkel von mir, der auf mich zu kam. Er hatte erfahren, dass ich Mühe damit hatte, mein Leben in den Griff zu bekommen und wollte mir eine Chance für einen Neuanfang bieten, indem ich auf einem Schiff als Matrose anheuern dürfte. Ich zögerte nicht lange, müde und frustriert von meinem wankelmütigen Dasein. Nicht lange danach war ich meinen Dienst auf diesem Schiff angetreten.

Nachdem wir an diesem Hafen gehalten hatten, war etwas Leben in das Schiff zurückgekehrt. Das Esszimmer war zu den Mahlzeiten nicht mehr so leer, ich sah wieder Matrosen beim Streichen des Schiffs, und einmal lief mir sogar Kapitän Alvarez über den Weg, der mich freundlich grüsste. Doch das alles hielt nicht lange an, und nach wenigen Tagen fand ich mich wieder völlig einsam und alleine, wie ich mit dem Mopp und dem Eimer meine Runden auf dem Deck drehte.

Wieder vergingen endlose Tagen, Wochen oder gar Monate, an welchen ich keinem einzigen Menschen über den Weg lief, sondern nur das Deck schrubbte, und zwischendurch meine Mahlzeiten mutterseelenallein zu mir nahm. In meinem anfänglichen Unbehagen, mich so einsam auf diesem Schiff zu fühlen, hatte ich einstmals in Erwägung gezogen, die Arbeit aufzugeben, am nächsten Hafen wie auch immer von Bord zu gehen. Doch jedes Mal, wenn mir ein solcher Gedanke kam, erinnerte ich mich, dass es keinen Ort gab, wohin ich zurückkehren könnte. Weder die Fremde noch die Heimat waren Orte, wo ich meinte, hinzugehören.

Also hörte ich auf, mich über die Abwesenheit der restlichen Besatzung zu wundern, und begann stattdessen meine Einsamkeit zu geniessen. Ich gab mich den rhythmischen Wischbewegungen hin und verlor mich in der Trance der endlosen Kreise um das Deck. Ich hörte bald auf, die Tage zu zählen, räumte alle Kalender weg, und liess jeden Tag einfach nur vergehen.

Und so nun verbrachte ich eine Ewigkeit auf diesem Schiff, auf welchem ich immerzu nur ein und derselben Aufgabe nachging, denn dies war meine Funktion in diesem stählernen Organismus dieses Schiffes, mit seinen mechanischen Innereien und dem Öl, das durch seine metallenen Adern floss.

In dieser Unendlichkeit von Raum und Zeit verschmolz ich mit der mechanischen Bestie, mit welcher ich eine Symbiose gebildet hatte, welche mich zum Leben brauchte, und welche mir das Leben schenkte. Ich verschwand nach und nach aus der Realität, welche ich bis dahin gekannt hatte, und welche mich immerzu nur verstossen hatte.

Denn in der Realität hatte es für mich keinen Platz mehr gehabt als ewig Ausgestossener, als Geächteter. Und erst in der Unendlichkeit der Leere, die mich auf diesem Schiff umgab, hatte ich meine Heimat gefunden.

AUF DER SPUR DER SKRIBENTEN

1

Ich hatte eigentlich nicht vor, mein Erlebnis niederzuschreiben, denn letzten Endes ist es im Angesicht der Unendlichkeit unserer Realität und unseres Universums von vollendeter Nichtigkeit, ob meine Erfahrung überliefert wird oder nicht, wie es mir nunmehr durch ebendiese Ereignisse auch vorgeführt wurde. Womöglich sind es lediglich diese trostlose Langeweile und Einsamkeit, welche mich in meinem Rückzugsort im tiefsten, menschenleeren Sibirien schier zum Wahnsinn treiben, die mich dazu bewegen, meine Zeit, über welche ich nun im Überfluss verfüge, dazu anzuwenden, diese seltsame Geschichte auf dem Papier festzuhalten.

Es begann alles völlig unerwartet an einem Tag, der für mich bereits mit einer Anreihung kleinerer Unannehmlichkeit begonnen hatte, die, so interpretiere ich im Nachhinein, womöglich Vorboten für die kommenden Ereignisse gewesen waren. Nachdem mein Wecker nicht geläutet hatte und ich vom Lärm eines vorbeifahrenden Traktors geweckt wurde, verschüttete ich auch noch heissen Kaffee auf mein Hemd und musste mir mit aller Hast ein neues bügeln.

Ich hatte den Zug der Thurtalbahn um sieben bereits verpasst, hoffte aber doch noch den darauffolgenden um acht Uhr zu erreichen, jedoch wurde ich durch eine weiträumige Absperrung um den Bahnhof von Thurikon verhindert, welche infolge eines Unfalls zu Stande gekommen war, und ich verpasste schliesslich auch den zweiten Zug, womit die Aussicht, noch zu einer vernünftigen Zeit zu meinem geplanten Vorstellungsgespräch zu erscheinen verpuffte. Es war in dem Moment, wo ich den Tag bereits als verloren betrachtete, dass ich plötzlich gewalttätig weggezerrt wurde.

Zwei Personen hatten mich in einen Lieferwagen hineingezogen, schlossen ruckartig die Schiebetür und setzten mich auf die Mitte der Sitzbank, wo mich jeder an einem Arm mit grosser Kraft festhielt. Ich blickte um mich, wer diese Entführer waren, doch sie trugen alle Beide Sturmhauben. Der Fahrer hielt seinen Blick nach vorne gerichtet, sodass ich auch sein Gesicht nicht sehen konnte. Ein unangenehmer Geruch fiel mir zudem auf, womöglich wurde irgendeine Ware mitgeführt, die von Fäulnis befallen war. Nachdem die Tür geschlossen worden war, fuhr der Wagen sofort los.

„Wo ist Dr. Gantenbein?", fragte mich die Person zu meiner Linken, an der Stimme als Mann zu erkennen.

„Wer?", fragte ich verwirrt. Sie drückten meine Arme schmerzhaft in den Sitz.

„Dr. Gantenbein!", wiederholte der vermummte Entführer.

„Ich kenne niemanden der so heisst", rief ich zurück.

„Die Tasche", sagte nun der Mann zu meiner Rechten. Seine Stimme war tief und rau, als wäre er schon etwas älter, was sich an der Stärke, mit der er mich festhielt, allerdings nicht bemerkbar machte. Er hielt mich fest, während der Andere meine Tasche nahm und sie zu durchwühlen begann. Ich wusste nicht, was sie wohl erwartet hatten zu finden, aber es war sicherlich nicht mein Mittagessen und ein Kleiderwechsel. Der Mann streute den Inhalt auf den Boden.

„Nichts", sagte er.

„Verdammt", antwortete die tiefe Stimme rechts von mir, „es ist der Falsche."

Er lehnte sich nach vorne und sprach dem Fahrer etwas zu, woraufhin hin wenig später dieser hart bremste. Sie öffneten die Tür und warfen mich unsanft nach draussen, meine Tasche und ihr verstreuter Inhalt hinterher. Dann raste der Wagen davon. Ich fand mich zwischen den Feldern ausserhalb von Thurikon wieder und war erstmal erleichtert, dass sie mir nichts weiter angetan hatten.

Die Vernunft hätte gesagt, dass ich dieses Geschehnis der Polizei hätte melden sollen, doch mein Drang zu wissen, worum sich das Ganze überhaupt gehandelt hatte und wer dieser Dr. Gantenbein sei, war stärker. Wie ich den Weg zurück ins Dorf lief, überlegte ich, ob dieser Name mir aus der Universität Thurikon bekannt vorkam. Mein ehemaliger Lehrer, Professor Grebenschtschikow, würde da sicher eine Antwort haben.

„Dr. Gantenbein?", fragte Grebenschtschikow, als ich ihn darauf ansprach. „Das ist ein Name, den ich schon lange Zeit nicht habe gehört. Ich kenne nicht persönlich, aber habe gehört von ihm. War vor viele Jahre Professor für Geschichte, schon bevor ich kam nach Uni Thurikon. Ist dann einmal plötzlich gegangen, von eine Tag auf die Andere."

„Und wissen sie, was er heute so macht?", fragte ich.

„Macht Forschung, selbständig. Manchmal hat zusammengearbeitet mit Universität, hat geschickt immer Assistent hierher der holte Bücher und Akten aus Archiv und so weiter. Fragen sie Professor Bollinger von Fakultät für Geschichte, der wird wissen."

Grebenschtschikows Antwort brachte mich nicht näher an eine Erklärung, warum diese Entführer wissen wollten, wo der Geschichtsprofessor Dr. Gantenbein sei, und warum ausgerechnet ich das wissen sollte. Ich leistete erst einmal dem Vorschlag Folge, einige Korridore weiter Professor Bollinger aufzusuchen.

Bollinger wäre nur als die völlige Antithese zu Grebenschtschikow zu beschreiben, ein junger Mann von durch und durch gepflegtem Äusseren, bei welchem alles von makelloser Ordnung erschien, von seinem gründlich aufgeräumten und geordneten Büro bis hin zu seinem perfekt symmetrischen Krawattenknoten.

„Dr. Gantenbein, sagen sie?", sagte Bollinger, als ich ihn darauf ansprach, „er betreibt irgendwelche Forschungen, aber fragen sie mich nicht, worum es da geht. Er ist mit der Zeit sehr einsiedlerisch geworden, ich habe ihn nur einmal persönlich getroffen, und das ist schon einige Zeit her."

„Professor Grebenschtschikow meinte, er würde ab und zu mit der Fakultät für Geschichte zusammenarbeiten", sagte ich.

„Zusammenarbeiten ist zu viel gesagt, er leiht sich manchmal das eine oder andere Buch aus, oder lässt etwas im Archiv prüfen. Es ist nicht ganz orthodox, da er eigentlich keinen Bezug mehr zur Universität hat, aber ich habe darin nie ein Problem gesehen. Die Bücher sind ja da, um gelesen zu werden, und er hat sie immer pünktlich und unversehrt zurückgebracht."

„Dann war er kürzlich hier?", fragte ich.

„Keineswegs", erwiderte Bollinger, „er schickt immer einen Assistenten."

„Könnte ich diesen Assistenten mal kennenlernen?", fragte ich.

„Meine Güte, das war ja so schrecklich", sagte Bollinger plötzlich vergrämt.

„Wie, was denn?", fragte ich.

„Der Arme wurde heute Morgen angefahren, nahe dem Bahnhof. Es war offenbar nicht so schlimm, wie es hätte sein können, aber er hat sich wohl doch etwas gebrochen. Er wurde ins Kantonsspital gebracht, sie können ja mal fragen, ob er schon Besuch bekommen darf. Fragen sie nach Robert Meister, so heisst der junge Mann."

Ich hatte Glück, und im Kantonsspital sagte man mir, Robert Meister sei inzwischen trotz mehrerer Knochenbrüche soweit wohlauf und könne Besuch empfangen. Ich traf ihn in einem Viererzimmer, in welchem er der einzige Patient war. Sein rechtes Bein war eingegipst und durch eine Hebevorrichtung angehoben. Ebenfalls war sein rechter Arm in einem Gips, zudem trug er am Kopf einen Stoffverband.

Als ich eintrat, schaute mich Robert ziemlich entgeistert an, da sich niemand anderes in diesem Zimmer befand, und ich auch nicht als Arzt zu identifizieren war. Ich erklärte ihm, dass mich Professor Bollinger an ihn weitergeleitet hatte, als ich nach Dr. Gantenbein gefragt hatte.

„Ja, ich assistiere ihm Teilzeit", erklärte er, „heisst, ich bin eigentlich nur sein Laufbursche. Er beauftragte mich immerzu, alle möglichen Bücher oder sonstige Papiere irgendwo abzuholen oder zurückzubringen. Vor allem zur Universität Thurikon natürlich. Ich weiss bis heute nicht, woran er eigentlich geforscht hat. Das Material, das ich ihm brachte, hatte viel mit Geschichte und Archäologie zu tun, manchmal Biologie. Ich habe manchmal ein wenig überflogen, was für Werke das so waren, aber konnte nie schlau daraus werden, wie das alles zusammenhing. Heute etwas über irgendwelche Höhlenmenschen, morgen über den ersten Weltkrieg, und übermorgen über die Biologie von Insekten. So etwa.

Ich habe mich nie getraut, Dr. Gantenbein zu fragen, woran er arbeitete. Er war überaus diskret, geheimniskrämerisch sogar. Er ist auch sehr einsiedlerisch, man sieht ihn selten aus dem Haus gehen. Aber tatsächlich wurde es in den letzten Monaten dann schlimmer, er schien regelrecht paranoid, bestellte mich zu ganz irregulären Zeiten zu sich, bestand darauf, dass ich unterschiedliche Wege nehme, mal mit der Bahn, mal ein Taxi, mal bat er mich sogar, von Märzigen bis hierher zu wandern. Ich habe ihn dann seit fast einem Monat nicht mehr gesehen. Die Bücher, die ich zurückbringen sollte, wies er mich an, einige Wochen bei mir zu Hause zu behalten."

Mit einer Geste deutete Robert neben sein Bett. Ich schaute dort in die Ecke und sah zu meiner Verblüffung eine Tasche, die fast genauso aussah, wie meine, dieselbe hässliche, dunkelgrüne Farbe mit gelbem Muster. Nun fiel es mir wie Schuppen von den Augen: Die Entführer hatten es gar nicht auf mich abgesehen, sondern auf den Assistenten von Dr. Gantenbein. Ich war lediglich das Opfer einer Verwechslung geworden.

Nun umso mehr war ich erpicht darauf zu erfahren, was Dr. Gantenbein denn wusste, dass es eine solche kriminelle Aktion hervorrufen würde.

2

Widerwillig hatte Robert mir die Adresse von Dr. Gantenbein gesagt, den ich nun persönlich aufsuchen wollte, um in Erfahrung zu bringen, warum man versuchen sollte, seinen Assistenten zu entführen. Ich fuhr mit der Thurtalbahn bis zur Haltestelle „Rietbach", welche sich scheinbar mitten im Nirgendwo befand. Von dort war es ein etwa zwanzigminütiger Weg bis zu einer kleinen Siedlung von nicht mehr als einer Handvoll Häuser.

Ein pastellrot gestrichenes Haus mit der Nummer acht war der Wohnort von Dr. Gantenbein. Es bestand aus zwei Wohnungen, eine in jeder Etage, und Dr. Gantenbein wohnte in der oberen. Ich läutete an der Türklingel, doch eine Antwort blieb erwartungsgemäss aus. Stattdessen versuchte ich mich an der Tür, welche nicht abgeschlossen war. Direkt dahinter gab es ein kleines Treppenhaus und eine weitere Tür, die zur Erdgeschosswohnung führte.

Ich lief die Treppe hinauf, langsam und lautlos, als dass ich nicht die Aufmerksamkeit des anderen Anwohners auf mich zog. Oben erreichte ich eine Tür mit einem Milchglasfenster, welche zur Wohnung von Dr. Gantenbein führte. Ich versuchte durch das trübe Fensterglas etwas zu erahnen, als mir dies nicht gelang, griff ich zur Türklinke im Denken, dass diese Tür womöglich auch nicht verschlossen sei.

Nicht nur war die Tür nicht verschlossen, sie war nicht einmal eingerastet. Als ich auf das Schloss schaute, bemerkte ich die zahlreichen Kratzspuren, welche daraufhin deuteten, dass man die Tür aufgebrochen hatte. Mir lief es kalt den Rücken runter, denn es schien, jemand hatte es tatsächlich auf Dr. Gantenbein abgesehen.

Ich betrat vorsichtig die Wohnung und sah mich um. Es war ein völliges Durcheinander, das danach aussah, dass man die Wohnung durchwühlt hatte. Das Arbeitszimmer war schnell gefunden, hier war das Chaos am grössten. Zahllose Bücher und Papiere lagen überall auf dem Boden herum, die Schubladen des Schreibtisches waren allesamt aufgerissen worden.

Während ich mich in diesem desolaten Stillleben umsah, hörte ich plötzlich Geräusche. Sie kamen von oben. Ich schaute in den Flur hinaus und bemerkte, dass es in der Wohnung eine kleine Holztreppe gab, welche auf den Dachboden führte. Von dort waren nun Schritte zu hören. Ich erkannte, dass es zwei Personen sein mussten. Vielleicht dieselben, die mich entführt hatten.

Ich suchte Zuflucht in einem grossen Schrank, welcher zum Flur hin in einer Wand eingelassen war. Darin befanden sich Mäntel und Jacken. Ich sprang hinein und machte die Tür zu, dabei klemmte ich mir schmerzhaft die Finger ein. Ich verkniff mir jeden Laut, doch zugleich hatte mein Finger verhindert, dass die Tür zuknalle. Die Einbrecher hatten mich wohl nicht bemerkt.

Die Schranktür blieb einen kleinen Spalt breit offen, sodass ich dort hindurch in den Flur schauen konnte. Ich hörte, wie sich die zwei Personen näherten, ihre Schritte waren etwas unregelmässig, als würden sie hinken. Von einem hörte ich, wie er einen Fuss etwas hinter sich her schleifte. Kurz darauf sah ich sie, wie sie den Flur entlang am Schrank vorbeiliefen. Ich konnte nur einen flüchtigen Blick ergattern, doch sofort sah ich, was für abartig entstellte Gestalten es waren. Die Gesichter waren verformt und asymmetrisch, bei einem hing eine Gesichtsseite herunter, wie man es von Leuten kennt, die einen Schlaganfall erlitten haben, jedoch war es in diesem Fall viel auffälliger. Der andere lief gekrümmt und konnte sein linkes Bein kaum recht bewegen. Vor allem aber fiel mir ihre Kleidung auf, sie trugen dunkle Kutten von grobem, abgenutztem Stoff.

Sie unterhielten sich mit seltsamen Grunzlauten, von welchen ich nichts verstehen konnte. Ich zweifelte gar daran, ob das eine seltsame Sprache sein sollte, oder sie einfach so verkommen waren, dass sie nicht richtig sprechen konnten. Doch dann erkannte ich etwas, was einer von ihnen immer wieder zwischen den Grunzlauten sagte: „Das Buch". Immer wieder erkannte ich diese Worte, „das Buch". Die Gestalt, die das sagte, klang wütend. Dann hörte ich die Tür ins Schloss fallen, es folgte Stille.

Eine Weile blieb ich im Schrank und wartete ab, ob die beiden Gestalten auch tatsächlich gegangen waren. Dann öffnete ich langsam die Schranktür. Von meiner Position aus, konnte ich direkt in das Arbeitszimmer von Dr. Gantenbein schauen und sah das Sonnenlicht auf dem Schreibtisch reflektiert. Auf dem Schreibtisch war eine dieser Ledernen Schreibunterlagen, und im gespiegelten Sonnenlicht erkannte ich, dass etwas darauf eingeprägt war, etwas, was man darauf geschrieben hatte.

Ich trat in das Arbeitszimmer und schaute mich sofort nach einem Bleistift und etwas Papier um, was beides schnell beschafft war. Dann legte ich das Papier auf die Schreibunterlage und schraffierte es vorsichtig mit dem Bleistift. Ich konnte lesen: *JGK s. 342.* Es klang nach einer Seitenangabe eines Buches, womöglich dasselbe, welches die beiden hässlichen Einbrecher gesucht hatten. In dem Moment hatte ich einen Geistesblitz: Hatte womöglich Robert dieses Buch dabeigehabt, und sollte deshalb entführt werden?

Ich eilte zurück zu Robert im Kantonsspital, doch er erklärte mir, jemand sei bereits vorbeigekommen, um die Bücher abzuholen. Ich fragte ihn, wer es war, worauf er antwortete, er habe keinen Namen gesagt, sondern nur, dass er von der Universität Thurikon kam. Hierbei schien es ihm wahrlich seltsam, dass er wisse, dass er noch Bücher zurück zur Universität bringen sollte. Ich ahnte schlimmes. Als ich ihn nach dem Aussehen dieser Person fragte, war mein Verdacht sofort bestätigt: Er hatte ein ziemlich asymmetrisches Gesicht und hinkte ein wenig. Das Bild wurde mir immer klarer.

Professor Bollinger bestätigte mir wenig später, dass niemand irgendwelche Bücher zurückgebracht hatte.

„Es ist sehr wichtig, dass ich wüsste, welche Bücher Dr. Gantenbein ausgeliehen hatte", flehte ich. Doch Bollinger konnte sich kaum erinnern, welche Bücher das gewesen waren. Er notierte sich nie, was Dr. Gantenbein sich auslieh, da er ihm voll und ganz vertraute, die Bücher zurückzugeben, und es auch besser war, wenn nicht festgehalten wurde, dass Gantenbein sich trotz beendetem Verhältnis zur Universität weiter an der Bibliothek bediente.

„Sagen ihnen denn vielleicht die Buchstaben JGK etwas?", fragte ich.

„JGK sagen sie?", überlegte Bollinger, „das könnten die Initialen des Autors gewesen sein, was war das noch… ja, natürlich, das Buch von Kalkbrenner, Johann Gabriel Kalkbrenner."

„Welches Buch ist das?"

„Es ist ein seltsames, sehr altes Buch, von dem es nur wenige Exemplare gibt, deshalb hätten wir es normalerweise nicht ausgeliehen. Für Dr. Gantenbein habe ich eine Ausnahme gemacht. Es heisst ,Traktat der Geheimbunde', herausgegeben von J. J. Grünlich um 1830", erklärte Bollinger

„Haben sie vielleicht ein weiteres Exemplar davon?", fragte ich. Bollinger lachte sogleich.

„Doch nicht das ,Traktat der Geheimbunde', das ist ein sehr seltenes Buch", sagte er, daraufhin wurde er ernst, „aber es wäre wirklich schlimm, wenn es nun tatsächlich verschwunden ist. Das ist nicht gut."

Meine Hoffnung, zu ersehen, worauf Dr. Gantenbein mit seiner Notiz *JGK s. 342* hindeuten wollte, schien sich in Luft aufzulösen.

„Was steht denn in diesem Buch?", fragte ich.

„Es ist eine Art Enzyklopädie über alle möglichen Geheimbunde im Laufe der Geschichte, Illuminaten, Gralsritter, dergleichen. Wir hielten es nie für sonderlich bedeutsam, vieles ist schwer belegbar und scheint mehr von einer mächtigen Phantasie zu zeugen, trotzdem ist es ein interessantes zeitgeschichtliches Artefakt."

„Ich meine, dass Dr. Gantenbein eine Notiz gemacht hatte, die dieses Buch betraf, deshalb hatte ich es unbedingt einsehen wollen", erklärte ich betrübt.

„Verstehe", sagte Bollinger, „Nun, sie haben grosses Glück, denn wir haben dieses Buch gerade vor wenigen Wochen für das Archiv abgelichtet. Dr. Gantenbein war schon ganz ausser sich, dass ich ihn auf dieses Buch so lange warten liess."

„Das ist ja grossartig", platzte es aus mir heraus, „wo könnte ich es einsehen?"

Bollinger führte mich zu einem Mikrofilmgerät in der Bibliothek und brachte mir eine Schachtel mit einigen Rollen Mikrofilm, von welchen eine die Abbilder des Buches beinhaltete. Ich musste eine ganze Weile vorspulen, bis ich die Seite 342 erreichte. Ich hatte etwas Mühe, die alte Frakturschrift zu lesen, doch es war ein recht kurzer Abschnitt:

Von den Skribenten

Die Skribenten sind einer der ältesten und mysteriösesten Geheimbunde, von denen es in Europa Überlieferung gibt. Es besteht die Annahme, aufgrund gewisser inzwischen verloren gegangenen Aufzeichnungen, dass dieser Geheimbund sich noch vor der Ausbreitung des römischen Reiches gebildet habe. Die Skribenten gelten als verschlossene Bevölkerungsgruppe, markant physisch minderwertig, womöglich durch Inzucht oder andere unbekannte Faktoren ihrer Ursprünge bedingt, so die Vermutungen. Ihnen wurden über die Epochen heidnische, gar dämonische Bräuche zugeschrieben, sowie auch die rituelle Beschwörung unheiliger Kreaturen, deren Existenz folglich bloss als Legende oder Märchen in die Geschichtsschreibung eingegangen wären.

Nur wenige Forscher arkaner Kulturen haben es gewagt, dieses Volk zu erwähnen, und ein frühzeitiger Tod scheint diese Wissenschaftler zu verfolgen. Trotzdem beharrte manch einer, wie nun Carl Anton Rychner (1783 – 1819) auf die enormen Einflüsse der Skribenten, vor allem auf den europäischen Adel, welche aber mit aller strenge geheim gehalten würden. Diese Einflüsse würden mindestens bis auf das frühe Mittelalter zurückreichen, womöglich weiter, gar bis in die Antike, und hätten die politische Entwicklung des ganzen Kontinents mitbeeinflusst. Doch endgültig nachweisen konnte Rychner dies vor seinem plötzlichen Ableben nicht und die Dokumente seiner Nachforschungen gingen wenig später in einem unerklärlichen Brand verloren.

Professor Grebenschtschikow war von meinen Erkenntnissen bezüglich der Forschungen Dr. Gantenbeins fasziniert. Die sogenannten „Skribenten" waren ihm zwar ein Begriff, doch er hatte diesen alten

Legenden nie viel Wert zugesprochen. Nun war er aber durchaus darauf aus, mir in meiner eigenen Recherche weiterzuhelfen.

„Ich möchte sie schicken zu meine Freund Gideon, weiss viel von Geschichte und Mystik. Er ist einzige Person, die vielleicht kann weiterhelfen, mehr über Skribenten zu wissen, und über Dr. Gantenbein", sagte er. Anschliessend erklärte er mir, wie ich diesen Gideon finden könne. „Und noch ein Sache, Gideon ist etwas exzentrisch, will nicht immer über sowas reden, ich empfehle sie bringen ihm mit eine gute Whiskey, damit es, wie sagt man, lockert sein Zunge."

3

Der Weg zu Gideons Anwesen war mühsam, obwohl es eigentlich nicht allzu weit weg war, musste ich früh aufbrechen, um überhaupt zu einer anständigen Zeit dort anzukommen. Von der Thurtalbahn wechselte ich auf einen Fernzug, dann auf einen Regionalzug im Thurgau. In Märzingen stieg ich aus und reiste den letzten Abschnitt in einem Autobus, in welchem ich der einzige Fahrgast war, bis zur Haltestelle Barzingen, Feldweg, welche mitten im Nichts, bei einer Wegkreuzung zwischen Weizenfeldern war. Von dort an musste ich noch ungefähr eine halbe Stunde einen Weg durch die Felder laufen, dann über eine Treppe aus Holzbalken einen kleinen Hügel hinauf. Auf dem Hügel, am Rande eines kleinen Waldes, erreichte ich das bescheidene Landhaus.

In meinem Rucksack trug ich eine Flasche Suntory Whiskey mit mir, eine dieser neumodischen japanischen Whiskeysorten, von der ich nur Gutes gehört hatte und von welcher ich mir erhoffte, dass sie bei Gideon Eindruck schinden würde.

Ich klopfte an und es schien, Gideon hatte dahinter gewartet, denn fast sofort danach öffnete sich die Tür. Vor mir stand ein grosser, korpulenter Mann mit einem Runden Gesicht und einer dicken Zigarre im Mund. Sein dünnes Haar war über eine schlecht verborgene Glatze gekämmt.

„Da sind sie ja, Professor Grebenschtschikow hatte mir schon Bescheid gesagt. Kommen sie herein", sagte er. Das Innere des Hauses war üppig und sehr eklektisch eingerichtet, es schien, willkürlich zusammengewürfelte Möbelstücke und Dekorationen waren hier zusammengetragen worden. Neben einem hellblauen Sofa gab es noch einen dunkelroten Sessel, dazwischen einen dieser grässlichen Nierentische, welche in den 70er Jahren Mode gewesen waren, in oranger Farbe auch noch.

An den Wänden waren unterschiedliche Regale, eines sah aus wie aus einem Kinderzimmer, ein anderes war ein dunkelgrünes Metallgestell mit Pressholzplatten. Darauf waren nebst Büchern viele Figuren und Plastiken verteilt, welche aus den unterschiedlichsten Kulturen zu stammen schienen. An den Wänden hingen zudem Bilder archäologischer Stätten oder alte Fotos in Schwarzweiss von exotischen Ortschaften, die ich nicht zuordnen konnte. Zu alledem kam ein seltsamer, unangenehmer Geruch nach saurer Fäulnis hinzu, womöglich der Müll, der schon zu lange nicht herausgetragen worden war.

„Bitte, nehmen sie Platz", sagte Gideon und drängte mich brüsk zum dunkelroten Sessel. Er lief watschelnd zum Sofa und setzte sich mit einer mühevollen Bewegung. „Sie wollten also etwas über die Skribenten wissen, richtig?"

„Ja", sagte ich zögernd, denn ich hatte nicht erwartet, dass Gideon so schnell in dieses Thema einsteigen würde, „es ist so, das Buch von Kalkbrenner…–"

Gideon unterbrach mich: „Die Skribenten sind eine wenig Dokumentierte Gesellschaft, das tendiert natürlich dazu, der Phantasie freien Lauf zu geben. Tatsächlich ist anzunehmen, dass es sich lediglich um eine Art Gesellschaftskreis, vielleicht ähnlich einer Zunft handelte. Sie wissen schon, das übliche, man unterstützt sich gegenseitig, hilft einander und so weiter."

Während Gideon sprach, beobachtete ich seine Gesichtszüge, sie schienen angespannt, als würde er bewusst versuchen, seine Miene nicht zu verziehen.

„In Kalkbrenners Buch war sogar die Rede, dass ihnen Teufelsbeschwörungen unterstellt wurden", sagte ich. Gideon schaute mich einen Moment ernst an, er zuckte einige Male mit dem linken Mundwinkel und dem linken Auge. Dann biss er sich leicht auf die Lippen und schaute kurz umher, als wäre er von meiner Frage irritiert.

„Sehen sie, der Name der Skribenten kommt vom lateinischen ‚skribere', schreiben. Wir gehen davon aus, dass dieser Name daher stammte, dass diese Leute lesen und schreiben konnten, was in früheren Zeiten keineswegs üblich war. Es gibt gewisse philosophische Traktate, welche möglicherweise Mitgliedern der Skribenten zuzuschreiben sind, was auch darauf hinweisen könnte, dass die Mächtigen sie zeitweise als eine subversive Gruppierung sahen und folglich Gerüchte über sie in Umlauf brachten. Nichts hiervon hatte irgendeine Transzendenz, es führte alles ins Leere, und so war es auch mit den Forschungen darüber."

Ich war überrascht, dass Gideon so klare Tatsachen über die Bedeutungslosigkeit der Skribenten vorlegte, vor allem nach dem, was in Kalkbrenners Buch gelesen hatte. Doch ich erwog, ob ich möglicherweise einfach voreingenommen war, und selber daran glauben wollte, dass sich etwas tieferliegendes hinter alledem befand.

„Verstehe", sagte ich, „ich fand es nur seltsam, dass Dr. Gantenbein so besessen von diesem Thema war, wenn das alles doch so unbedeutend sein sollte."

„Also nun hören sie mir mal zu, junger Mann", sagte Gideon ziemlich gehässig, „wenn es ihnen nicht passt, was ich ihnen sage, dann glauben sie doch was sie wollen. Ich habe diese Themen jahrelang studiert und werde mir das sicher nicht von irgendwem wett machen lassen."

Während dieses Wutausbruchs wurden Gideons Gesichtszüge wahrlich seltsam, ich erkannte darin immer wieder seltsame Zuckungen, und die Haut schien sich seltsam zu dehnen, oder besser gesagt sich nicht zu dehnen, als wäre sie zu straffgezogen. Irgendetwas an seinem Antlitz schien unnatürlich.

„Bitte verzeihen sie", sagte ich, „ich wollte nicht unhöflich sein. Ich nehme ihr Wissen sehr wohl zur Kenntnis."

Gideon entspannte sich sofort, seine Wut war wie weggeblasen.

„Ich bin es, der sich entschuldigen muss, ich bin manchmal übermässig sensibel bei diesen Fragen."

„Etwas anderes, ich hatte das ganz vergessen", sagte ich und holte die Whiskeyflasche aus meinem kleinen Rucksack, „dürfte ich ihnen diesen Whiskey anbieten? Als Dank, dass sie sich Zeit für mich genommen haben."

„Wie nett von ihnen, aber ich trinke tatsächlich nicht", sagte Gideon und wies die Flasche überraschend zurück. „Ich habe aber etwas, was ihnen vielleicht helfen könnte, nämlich eine Kopie einer Dissertation, welche sich mit den Skribenten auseinandersetzt. Ich könnte ihnen diese geben, folgen sie mir doch kurz in den Keller, wo ich diese neulich verstaut habe."

Gideon erhob sich, erneut mit beträchtlich mehr Mühe, als ich für jemanden seines Alters und körperlichen Zustandes erwartet hätte, und lief mit seinem seltsam wackeligen Schritt in Richtung der Kellertreppe.

„Bitte, folgen sie mir", sagte er. Doch kurz danach hielt er Inne, als ein Geräusch von draussen zu hören war. Ich meinte, es wäre nur ein Motor von einem Traktor oder Lastwagen in der Ferne gewesen, doch Gideon ging zu einem Fenster, welches neben dem Küchentisch stand und schaute einen Moment lang mit einer urplötzlich wieder sehr gehässigen Miene hinaus.

In dem Moment ergriff ich die Gelegenheit, ich packte Gideon mit aller Kraft und schubste ihn auf den Stuhl neben dem Küchentisch. Er war zuerst völlig überrascht, doch auch als er Widerstand zu leisten begann, war er physisch zu schwach, um gegen mich anzukommen. Ich griff seine Hände und zog sie hinter seinen Rücken. Dann löste ich meinen Gürtel und band ihm damit die Hände hinter dem Rücken an die Stuhllehne, sodass er sich kaum bewegen konnte. Ich nahm das grösste Küchenmesser, was ich finden konnte, an mich und hielt es ihm bedrohlich vor.

„Also, wer sind sie und wo ist Gideon?", fragte ich.

„Sind sie etwa von Sinnen? Lassen sie mich los, das werden sie noch bereuen", erwiderte er wütend.

„Die Geschichte mit den Skribenten hätte ich ihnen vielleicht noch abgekauft, aber dass sie den Whiskey ablehnten, war wirklich dumm von ihnen. Herrgott, da steht doch noch eine halbleere Flasche!", sagte ich, und deutete auf eine Ballantines-Flasche in der Küche.

Gideons Gesicht war wutverzerrt, noch immer mit dieser unwirklichen Erscheinung seiner Gesichtszüge, und dieser bizarr gezerrten Haut. Er schaute einen Moment um sich, zog an seinen Fesseln, die aber festsass. Dann begann er leise zu lachen, doch es war ein Lachen, welches mir mehr Angst einflösste, als es irgendein Wutausbruch hätte tun können.

„Machen sie, was sie wollen mit mir", sagte er, seine Stimme nun völlig verändert, sie klang gurgelnd, glucksend. Auch seine Mimik nahmen eine ganz andere Erscheinung an, sie hing schlaff und unregelmässig herab, es schien, als hätte er zuvor eine grosse Anstrengung unternehmen müssen, um einen halbwegs normalen Ausdruck zu bewahren. „Ich habe in mein Werk hier getan, nun bleibt mir nur noch übrig, mit dem heiligen Prah eins zu werden."

Noch mit gefesselten Händen warf er sich mitsamt dem Stuhl vorwärts, sodass er sich das Messer, das ich in den Händen hielt, in den Bauch rammte. All das ging so schnell, dass ich nicht einmal darauf reagieren konnte. Der säuerliche Geruch, den ich beim Hereinkommen bemerkt aber mich wenig später daran gewöhnt hatte, wurde auf einmal viel stärker, er war penetrant und widerwärtig. Aus der Wunde, die sich der falsche Gideon zugefügt hatte, spross eine gelbe Flüssigkeit heraus, von welcher dieser Gestank ausströmte. Ich liess sofort das Messer los, und der nun tote Mann fiel vorwärts zu Boden. Die stinkende Flüssigkeit verätzte sogleich unter starkem Dampf den Stuhl und den hölzernen Fussboden.

Es quoll noch einiges dieser widerwärtigen Flüssigkeit hervor, und der Körper dieses Hochstaplers fiel nach und nach in sich zusammen, als wäre er nur aufgeblasen gewesen. Ich öffnete alle Fenster, die ich konnte, als dass der Gestank nachliesse. Anschliessend sah ich mich im Haus um, ob ich wohl einen Hinweis auf den Verbleib des echten Gideon finden könnte. Als erstes ging ich in den Keller, in welchen diese Gestalt mich hatte führen wollen.

Der Keller bestand aus zwei Räumen, der erste direkt am Fuss der Treppe, war fast völlig leer bis auf einige Vorräte. Eine metallene Tür führte in den anderen. Ich öffnete diese vorsichtig und schaute mich um, hier standen einige Regale, alle der Art aus metallenem Gestell mit Pressholzplatten, allesamt voll mit Plastikkisten und Kartonschachteln. Vorsichtig sah ich mich im Licht der einsamen Glühbirne, die an den Kabeln von der Decke hing, um. Doch auch hier lauerte mir niemand auf. Plötzlich aber hörte ich ein Geräusch und erschrak. Ich hielt inne und lauschte, es klang nach einem gedämpften Schrei.

Hinter einem der Regale fand ich am Boden liegend einen Mann, gefesselt und geknebelt. Er sah genauso aus wie der falsche Gideon, woraus ich schloss, dass es der echte sein musste. Ich löste zuerst den Knebel, dann machte ich mich an die Schnüre, mit denen er festgebunden war.

„Dem Himmel sei Dank, ich dachte, die würden mich hier unten verrotten lassen", sagte er.

4

„Sind sie Gideon?", fragte ich.

„Wie er leibt und lebt", antwortete er. Seine Stimme war ähnlich aber doch anders als die des Hochstaplers, merkbar natürlicher und weniger forciert. Auch seine Gesichtszüge waren entspannter, und die Haut sah nicht unnatürlich gestrafft aus.

„Was ist passiert?", fragte ich, während ich die letzten Fesseln löste.

„Wenn ich das wüsste", antwortete er, „es klopft jemand an die Tür, zieht mir einen Sack über den Kopf und fesselt mich. Dann haben die mich hier runtergebracht und liegen lassen. Ich habe nur gesehen, dass einer von denen genauso aussah wie ich."

„Ja, er hat sich als sie ausgegeben, als ich vorhin hierherkam. Professor Grebenschtschikow hat mich zu ihnen geschickt."

„Ach, sie sind das? Ich denke, dann weiss ich auch, worum es sich handelt", sagte Gideon und stand auf, nachdem ich ihm alle Fesseln abgenommen hatte. „Aber gehen wir erst einmal nach oben."

Oben war vom Hochstapler nur noch ein widerwärtiger Haufen von Schleim und Säure übrig, welcher noch immer diesen ätzenden Gestank ausstrahlte. Stattdessen führte mich Gideon nach draussen zu einer überdachten Holzveranda hinter dem Haus, wo wir uns trotz des Regens auf die alten Plastikstühle setzen konnten.

Ich übergab dem echten Gideon nun die Flasche Whiskey die er dankend annahm und sich sogleich ein grosses Glas davon gönnte, um seinen Nerven zu beruhigen. Er erklärte mir, dass er selber nicht viel mehr über die Skribenten wusste als im „Traktat der Geheimbunde" stand, doch dass es gerade Dr. Gantenbein gewesen war, der ihm neue Erkenntnisse unterbreitet hatte.

„Was waren das für Erkenntnisse?", fragte ich.

„Es waren Protokolle aus den vierziger Jahren von Sitzungen der Universitätsleitung, welche er irgendwo im Archiv der Universität Thurikon gefunden hatte. Er meinte, sie waren nicht indiziert, deshalb lagen sie nur irgendwo in alten Kisten herum, ohne dass jemand von deren Bedeutsamkeit wisse. Hierin wurde besprochen ob gewisse Bücher aus der Bibliothek entfernt werden sollten, wobei in diesem Kontext immer wieder die Skribenten erwähnt wurden", erklärte Gideon.

„Und welche Rolle spielten dabei die Skribenten?", fragte ich.

„Nun, deshalb war Dr. Gantenbein zu mir gekommen", antwortete Gideon, „diese Protokolle sind kaum verständlich, weil sie sich immerzu auf eine Akte beziehen, die aber nur mit ihrem Kürzel erwähnt wird. Immer wieder ist die Rede von Dokument XG-791. Gantenbein meinte herausgefunden zu haben, dass dies eine geheime Militärakte sei und er wusste natürlich auch, dass ich einen guten Draht zum Militär habe, vor allem wenn es sich um irgendwelche Geschichten von vor ewigen Jahren handelt. Es gibt viele solcher Akten, die zwar noch immer der Geheimhaltungspflicht unterstehen, aber viele im Stab nehmen das nicht mehr wirklich ernst. Für die sind das alles nur irgendwelche alten Kamellen."

„Konnten sie Dr. Gantenbein helfen, die Akte XG-791 einzusehen?"

„Das ist jetzt die Sache, ich habe ohne grosse Mühe Gantenbein Zugriff auf die Akte beschaffen können, aber seitdem habe ich nichts mehr von ihm gehört. Ich hatte erwartet, dass er mich im Gegenzug zumindest darüber einweihe, was denn nun in dieser Akte stand. Aber es kam nichts mehr, und meine Versuche, mit Gantenbein Kontakt aufzunehmen liefen auch ins Leere. Er ist seit Wochen wie vom Erdboden verschluckt. Ich meine, mehr noch als sonst."

„Wäre es vielleicht möglich, dass ich auch diese Akte XG-791 einsehen könnte?"

„Ich denke, das sollte kein Problem sein. Ich werde General Baillairgé darum bitten, sie in das Archiv zu lassen."

Das erwähnte Archiv befand sich verborgen in einer Höhle nahe der kleinen Ortschaft St-Maurice-les-Bains, im Waadtland. Nachdem ich den Ortskern ein Stück hinter mir gelassen hatte, musste ich einen steilen Weg den Berg hinauflaufen, welcher zum Glück mit hölzernen Stufen versehen war. Erst an der alten Burg vorbei, stieg ich weiter und weiter durch einen Wald hindurch. Ich war schon ganz ausser Atem, als ich endlich das Ende dieses Steigs erreicht hatte.

Die Höhle, welche als Ausflugsziel öffentlich zugänglich war, präsentierte sich als lange, windende Felsspalte, kaum höher als ich und gerade breit genug, als dass zwei Personen sich darin kreuzen konnten. Während des Weges bis zur Abzweigung zum Militärarchiv, für welchen ich eine gute Viertelstunde benötigte, traf ich allerdings keinen einzigen anderen Besucher.

Dank der künstlichen Beleuchtung und dem mit Zement und Brettern ausgebesserten Boden war der Weg allerdings nicht beschwerlich, ich musste lediglich darauf achten, mir den Kopf nicht an einem der zahlreichen Felsen zu stossen. An einem ziemlich spitzen Felsen stiess ich mir den rechten Unterarm und erlitt eine blutige Schnittwunde. Halb so wild, dachte ich, und hielt mir ein Taschentuch auf die Blutung.

Ich erreichte schliesslich die Weggabelung, zu einer Seite führte die Höhle weiter, zur anderen befand sich eine schwere Metalltür. Ein kleiner, kaum erkennbarer Knopf nahe einiger der Stromleitungen für die Beleuchtung war die Klingel, welche ich betätigen sollte. Ich leistete dieser Anweisung, die ich von Gideon erhalten hatte, folge, und nach kurzer Zeit wurde auch schon die Tür entriegelt. Vor mir stand ein junger Soldat im Tarnanzug.

„*Bonjour, je cherche le General Baillairgé*", sagte ich.

„*Il ne sera pas là, moi je suis soldat Fournier, j'été chargée de vous accompagner à l'archive*", antwortete der junge Soldat Fournier. Er sollte mich also zum Archiv begleiten. Eigentlich verständlich, dass ein hoher General das nicht selber tun würde.

Der Raum hinter der Metalltür war, ganz anders als die Höhle, die ich bisher gesehen hatte, durch und durch verbaut, sodass nichts mehr darauf hinwies, dass wir hier viele Meter tief im Felsen waren. Ich wurde einen schmalen Gang entlanggeführt, welcher nebst den Lampen und der zahlreichen an der Wand aufgehängten Leitungen völlig kahl war. Wir liefen wohl an einem halben Dutzend weiterer Metalltüren entlang, welche jeweils nur mit einem Buchstaben in alphabetischer Reihe markiert waren, wodurch ich keinerlei Anhaltspunkt hatte, was sich dahinter verbergen könnte.

Bei der Tür „G" hielt der Soldat an, er entriegelte sie mithilfe eines Hebels und führte mich hinein. Dahinter fand ich einen enormen aber durchaus nüchternen Lagerraum voll mit hunderten von Aktenschränken. Der Soldat führte mich hinein, nun mit etwas langsamerem Schritt, da er selber die Beschriftungen an den Schränken prüfte. Diese waren sehr eklektisch, einige hatten nur Kodierungen aus Buchstaben und Zahlen, andere Hinweise wie „Protokolle" oder „Ermittlungen", meistens zusammen mit weiteren Kodierungen oder Jahreszahlen.

Ziemlich weit hinten im Raum erreichten wir zwei Aktenschränke, bei welchen alle Schubladen jeweils mit „XG" und aufsteigender Hunderterzahl beschriftet waren. Der Soldat deutete auf die Schublade „XG-700". Er blieb etwas abseits stehen.

„Prenez vos temps, je ne suis pas pressé", sagte er. Ich könne mir Zeit lassen.

Ich zog die Schublade heraus, darin waren Ordner aus Pappe, welche mit der jeweiligen Kennzeichnung etikettiert waren. Nicht alle Zahlen waren dort vorhanden, es gab vielleicht zwanzig oder dreissig Ordner darin. Einige prall gefüllt, andere nur mit ein paar Seiten darin. Ich schaute durch alle Ziffern durch, bis ich XG-791 fand. Ich holte den schlanken Ordner hervor und klappte ihn auf: Er war leer.

Ich schaute durch die ganze Schublade, ob vielleicht ein loses Papier dort liegen könnte, aber ich fand nichts. Auch der Soldat konnte mir nichts sagen, er sei für die Inhalte des Archivs nicht zuständig. Verärgert, dass ich den ganzen Weg bis hierher umsonst auf mich genommen hatte, da man mir wohl zuvorgekommen war, legte ich den leeren Ordner zurück und liess mich aus der Militäranlage zurück zur Höhle führen.

Enttäuscht und frustriert ob meiner sinnlosen Reise, wollte ich mich zurück zu Gideon machen, um ihm zu berichten, dass das erwähnte Dokument nicht auffindbar war, und ich somit nicht näher dran war,

Dr. Gantenbein ausfindig zu machen. Schon als ich durch die Höhle zurücklief, meinte ich immer wieder Geräusche hinter mir zu hören. Ich schaute immer wieder zurück, ob es womöglich andere Besucher in der Höhle gab, doch sobald ich einhielt, kehrte wieder die vollkommene Stille zurück.

Während des langen Weges begann sich in mir eine gewisse Paranoia auszubreiten. Andauernd hatte ich das Gefühl, beobachtet zu werden, gar verfolgt. Selbst als ich in einem fast leeren Regionalzug sass, hatte ich dieses unaufhörliche Kribbeln im Nacken, als ob jemand seinen Blick auf mich geheftet hatte. Wieder und wieder schaute ich um mich herum, ob mir vielleicht jemand auf den Fersen sei, doch ich sah keine solche Person. Es schien, ich bildete mir das alles tatsächlich nur ein, doch ich kam nicht um den Gedanken herum, dass ich mich selber immer mehr zur Zielscheibe der Skribenten machte.

In Olten verpasste ich aufgrund einer Verspätung meinen Anschluss und entschied mich, in der halben Stunde, die ich nun übrighatte, eine kleine Mahlzeit in einem Café des Bahnhofs zu mir zu nehmen. Ich lief die Treppe zu einer der Unterführungen hinunter und wunderte mich gerade, dass diese so unerwartet leer und dunkel war, als mich plötzlich jemand von hinten ergriff, mir mit einer Hand den Mund bedeckte und mit der anderen meine Arme hielt. Mir wurde ein dunkles Tuch über den Kopf gebunden und meine Hände mit einem Kabelbinder gefesselt. Alles so schnell, so unerwartet, dass ich nicht einmal reagieren konnte.

5

Ich wurde hastig irgendwo hingeführt, indem mich eine Person an den Armen hielt und den Weg entlang lenkte. Wohin konnte ich nicht wissen, da meine Augen verbunden waren, doch ich bemerkte, dass wir irgendwo draussen waren, ich konnte ab und zu einen Zug vorbeifahren hören. Auf festem Grund lief ich ein ganzes Stück weiter. Anschliessen hörte ich, wie eine Gittertür geöffnet wurde, und man schubste mich in diese Richtung. Dann wurde hinter mir die Gittertür geschlossen.

Nun riss mir mein Entführer die Binde von den Augen. Ich fand mich in einem Lager wieder, welches nicht überdacht und in einen Hügel hinein verbaut war. Hinter der Gittertür sah ich eine kleine, menschenleere Zufahrtsstrasse, dahinter die Bahngleise, auf denen immerzu die Züge verkehrten.

Ein Mann stand zwischen mir und dieser Gittertür, sein Ausdruck wütend und erregt, in der Hand hielt er drohend ein Messer, ein einfaches Küchenmesser wie es in jedem Supermarkt erhältlich war. Doch ich wusste auch, wie scharf diese sein konnten. Der Mann war wohl um die sechzig Jahre alt, sehr schmächtig. Sein Gesicht unrasiert, seine Haare dünn und ungepflegt, wie sonst auch alles an seinem Erscheinungsbild ungepflegt war. Sein weisses Hemd war voller Flecken und Schmutz, seine graue Hose an vielen Stellen zerrissen.

Ich nahm vorsichtig, mit angehobenen Händen einige kleine Schritte zurück und stolperte dabei fast über einige Kisten.

„Jetzt habe ich dich", sagte der Mann drohend.

„Wer sind sie denn, und was wollen sie von mir?", fragte ich.

„Ich weiss, dass du einer von ihnen bist", fragte er sehr angespannt, „ich weiss, dass ihr mich sucht, hast gemeint du könntest mich da im Bunker einfach abholen, was?"

Er machte einige Drohgebärden mit dem Messer.

„Ich weiss nicht, was sie meinen, aber ich bin es ganz bestimmt nicht“, sagte ich mit sich anbahnender Panik.

„Das sehen wir gleich, sobald ich dich aufgeschlitzt habe, ob du eines dieser verfluchten Viecher bist, einer dieser Skribenten.“

Nun plötzlich deuchte es mir, wer da vor mir stand.

„Dr. Gantenbein?“, fragte ich, meine Panik praktisch verflogen. Er lachte nur gehässig.

„Dr. Gantenbein, ich suche sie seit Tagen“, sagte ich, „Gideon sucht sie. Grebenschtschikow sucht sie“, sagte ich.

„Wahrscheinlich habt ihr die alle auch schon verschleppt und jetzt bin ich an der Reihe“, sagte Gantenbein.

„Dr. Gantenbein, ich versichere ihnen, ich bin keiner der Skribenten. Hier, sehen sie“, sagte ich und zeigte ihm die Schnittwunde, die ich mir zuvor in der Höhle zugefügt hatte. Sie blutete nicht mehr, aber der Schorf war noch frisch. Dr. Gantenbein betrachtete die Wunde einen Moment lang, dann beruhigte er sich. Er liess das Messer sinken und atmete tief durch. Dann drängte er sich an mir vorbei und setzte sich auf eine der Kisten. Seine ganze Miene veränderte sich schlagartig.

„Ich kann das alles nicht mehr“, sagte er und rieb sich die Augen, „ich halte es nicht länger aus.“

„Was meinen sie?“, fragte ich

„Das Verstecken. Die Verfolgungen. Nicht zu wissen, wer alles einer von ihnen ist, oder für sie arbeitet. Egal wo ich hingehe, mit wem ich rede, es scheint, als seien sie überall“, sagte Dr. Gantenbein.

„Sie meinen die Skribenten?“, fragte ich. Er nickte. „Was wissen sie über sie?“

„Wo soll ich anfangen… Je mehr ich recherchierte, umso weniger Sinn schien das Ganze zu ergeben. Es begann alles, als ich noch in der Universität Thurikon lehrte. Ich begann zu bemerken, dass man mich in die Irre geführt hatte, über Jahre. Wie lange hatte ich versucht, an Kalkbrenners „Traktat der Geheimbunde“ zu kommen, nur um herauszufinden, dass es dort in der Universität war, mir vorenthalten wurde. Eines Nachts schlich ich in das Büro des Rektors, das war damals noch Rektor Leuenberger. Dabei fand ich kistenweise alte Dokumente, die allesamt nicht indiziert waren. Sehr bewusst nicht. Dort fand ich auch die Protokolle, die ich später Gideon zeigte."

„Wegen welchen sie auf die Akte XG-791 kamen?"

„Genau die. Ich musste erst herausfinden, was diese Akte XG-791 überhaupt war, das hat auch lange gedauert. Als ich wusste, dass es Akten des Militärs sind, bat ich Gideon um seine Hilfe. Während dieser Zeit bemerkte ich, dass man mich verfolgte. Eine Silhouette im Augenwinkel, Schritte hinter mir im Dunkeln, des nachts seltsame Geräusche. Ich traute mich kaum noch aus dem Haus, und heuerte einen Assistenten für die Botengänge an, ein junger Mann, Sohn von einem Kindheitsfreund."

„Aber was war denn nun diese Akte XG-791?", fragte ich. Gantenbein gab ein leicht amüsiertes Schnauben von sich.

„Es waren Dokumente über ein Abkommen zwischen einer ‚Humandiplomatischen Mission' und den Skribenten. Abkommen ist viel gesagt, Kapitulation müsste man es nennen. Alles nur Erdenkliche wurde den Skribenten zugesprochen, Sicherheitsgarantien, Unterhalt, Geheimhaltung ihrer Existenz und, vielleicht am abscheulichsten, regelmässige Belieferung mit ‚organischen menschlichen Ressourcen'."

„Sie meinen–"

„Genau, Menschen. Als Ressource, für was auch immer. Für Experimente, als Nahrung, oder ihre perfiden Rituale, wer weiss das schon. Eigentlich hätte es schon gereicht, diese Dokumente einzusehen, aber mein Wissensdurst drängte mich weiter, und ich schaffte es tatsächlich, einen der Teilnehmer dieser ‚Humandiplomatischen Mission' aufzuspüren.

Er war schon über neunzig Jahre alt, dieses Abkommen stammt ja aus den späten vierziger Jahren. Anfangs ging er meinen Fragen aus dem Weg, erst meinte er nicht zu wissen, wovon ich sprach, dann behauptete er, sich an nichts zu erinnern, aber schliesslich gab er es alles zu. Ich fragte ihn, wer oder was diese Skribenten überhaupt sind, worauf er mir nur antwortete, sie seien nicht von dieser Welt. Ob sie Ausserirdische sind, fragte ich, was er verneinte, zumindest seien sie schon weitaus länger auf diesem Planeten als die Menschen selber.

Die Skribenten sind an sich schwächliche, verkümmerte Kreaturen, aber sehr gerissen. Sie haben ein weitreichendes Netz an Einflüssen, durch welches sie schliesslich dieses Abkommen erzwingen konnten. Alle haben Angst, sich ihnen zu widersetzen, selbst die mächtigsten Leute auf der Welt, weil niemand wissen kann, wer sonst alles mit ihnen im Bund ist. So halten sie die Kontrolle aufrecht.

Seitdem ich die Akte XG-791 eingesehen hatte, traten die Skribenten aus der Dunkelheit, und die Verfolgung wurde immer offensichtlicher. Ein Auto versuchte mich totzufahren, ein Baugerüst stürzte direkt vor mir ein, man schubste mich eine Treppe hinunter, was ich nur wie durch ein Wunder ohne grössere Verletzungen überstand.

Wochenlang habe ich mich versteckt und es endlich geschafft, diese Dreckskerle abzuhängen. Dann ging ich auf die Picht, ich wollte den Spiess umdrehen und einen von ihnen in die Finger kriegen. Ich wusste, irgendwann werden sie dort im Bunker auftauchen und wissen wollen, wer die Akte XG-791 eingesehen hatte. Und dann, als mein Plan endlich aufgegangen war, habe ich dich erwischt." Letzteres sagte Gantenbein sehr abfällig.

„Als ich die Akte einsehen wollte, war sie gar nicht mehr da", sagte ich, „jemand hatte sie bereits entwendet. Gantenbein schaute mich entgeistert an.

„Verdammt. Dann sind sie mir zu vorgekommen. Die Mistkerle sind einfach überall. Wer weiss, wie lange ich ihnen hier noch aus dem Weg gehen kann", sagte Gantenbein verzweifelt.

„Lassen sie mich ihnen helfen, was auch immer ich tun kann", sagte ich. Er schüttelte nur den Kopf.

„Es hat alles keinen Sinn, ich sehe keinen Ausweg mehr. Soll ich denn den Rest meines Lebens irgendwo in irgendwelchen Rattenlöchern verbringen?" Gantenbein legte das Gesicht in die Hände und seufzte. „Nur eines, eines möchte ich dich bitten." Er holte einen gefalteten Briefumschlag aus einer Hosentasche. „Diesen Brief, übergib ihn an Gideon. Ich will, dass er wenigstens weiss, was ich herausgefunden habe, und wohin es mich geführt hat."

Ich erreichte später an diesem Abend Gideons Anwesen, ein Auto stand am Fuss der Treppe die hinaufführte, von welchem ich annahm, dass es wohl das seine sei. Ich fand Gideon auf seiner kleinen hölzernen Veranda, wo er auf einem Plastikstuhl sass, und Whiskey trank, während er in die Ferne schaute. Er bemerkte mich erst, als ich in unmittelbarer Nähe war. Er bat mich, mich zu setzen und fragte mich, ob die Reise fruchtbar gewesen sei. Ohne grosse Erklärungen übergab ich ihm den Brief von Dr. Gantenbein, den er sogleich laut vorlas:

Lieber Gideon,

Wenn du diesen Brief liest, dann ist es für mich zu spät. Lediglich wünsche ich, dass du keine Schuldgefühle hegst, mir auf diesem Weg ins Verderben ein Gefährte gewesen zu sein. Ich war es schliesslich der die Entscheidung traf, hinter den Vorhang zu blicken.

Alle meine Recherchen haben im Grunde mehr Fragen aufgeworfen als beantwortet, und nun bin ich an einem Punkt angekommen, wo meine Arbeit ein jähes Ende nehmen muss.

Was ich nun allerdings weiss, ist dass die Skribenten nicht nur der Beschreibung Kalkbrenners entsprechen, sondern auch dass es sich auf irgendeine Art um eine biologische Abweichung vom Menschen handelt. Es ist also nicht nur eine geheime Organisation, sondern eine ganz andere Rasse, die mit dem Homo Sapiens kaum oder keine Verwandtschaft hegt. Du magst nun fragen, wie sowas zu Stande kommen könnte, und ich hätte keine erdenkliche Antwort darauf.

Die Skribenten sind seit jeher mit der Menschheit verflochten, und obgleich ich dir keine Einzelheiten über diesen Werdegang sagen kann, weiss ich nun, dass es ein Abkommen zwischen ihnen und Vertretern der Menschheit gab, welcher im Grunde wenig mehr als eine Unterwerfung darstellt. Es scheint, sie haben gerade die komplexen Strukturen unserer modernen Welt ausnutzen können, um sich in eine überlegene Stellung zu manövrieren.

Nimm dich in Acht, Gideon, vor diesen Wesen. Vertraue niemandem, denn jeder könnte einer von ihnen sein, oder für sie arbeiten. Vergiss all das, was ich dir gesagt habe, und begehe nicht den Fehler, den ich begangen habe, als dass du nicht dasselbe grauenvolle Schicksal erleiden solltest.

Wir sehen uns in der Ewigkeit.

Gantenbein.

Gideon schaute eine Weile mit ernster Miene auf den Brief. Dann begann er leise zu lachen, sein Gelächter wurde nach und nach lauter. Er schaute zu mir herüber.

„Das hast du wirklich gut gemacht", sagte er, „ganze Arbeit."

„Was meinen sie?", fragte ich nervös.

„Das mit Gantenbein. Du hast mir so viel Arbeit erspart, das glaubst du nicht."

Gideon lehnte sich in seinem Stuhl zurück und klopfte an die Tür. Diese öffnete sich sogleich, und zwei Personen traten heraus, an ihren hässlichen Fratzen und humpelnder Gangart erkannte ich sofort, dass es Skribenten waren. Ich sprang vom Stuhl auf und nahm ein paar Schritte zurück.

„Sie wollten Gantenbein gar nicht helfen, sondern nur, dass ich ihn für sie finde. Sie haben von Anfang an mit den Skribenten gemeinsame Sache gemacht", sagte ich.

„Nicht ganz von Anfang an, aber irgendwann kommt der Punkt, wo man sich fragen muss, ob es noch Sinn hat, dagegen anzukämpfen. Wenn du sie nicht besiegen kannst, schliess dich ihnen an", sagte Gideon. „Sie haben mir gute Kondition angeboten in dieser kommenden Welt, und nun bleibt nur noch eines zu erledigen."

Die beiden Skribenten kamen auf mich zu, in ihren Händen seltsame Utensilien, die scharf und schmerzhaft aussahen, und deren Zweck ich nicht vorhatte, näher kennenzulernen. Ich ergriff die Flucht, doch die Skribenten stiegen in das geparkte Auto und fuhren mir hinterher. Über eine weitere Holztreppe, die zwischen den Feldern hindurch hinab führte, konnte ich sie abhängen.

Ich lief in einen nahegelegenen Wald, in welchem ich in dieser Dunkelheit unmöglich aufzuspüren wäre. Doch ich wusste, dass ich keinen Ausweg mehr hatte. Wo ich auch hinginge, ich würde nie wissen können, ob mich dort jemand suche. Die Zielscheibe, die die Skribenten auf mich gesetzt hatten, würde ich nie wieder loswerden.

Grebenschtschikow, einer der wenigen Menschen, denen ich noch meinte, vertrauen zu können, verhalf mir zu dem Versteck, in welchem ich bis heute verweile. Eine kleine, modrige Holzhütte, irgendwo in einem abgelegenen Landstrich Sibiriens. Der Sommer ist hier feucht und warm und bringt eine beinahe schon biblische Mückenplage mit sich, der Winter ist eisig kalt und kaum erträglich. Ich ernähre mich von dem, was ich in der Umgebung finden kann, sowie von den Eiern einiger Hühner, mit denen ich die kleine Hütte teilen muss, als dass sie nicht zum Opfer von Witterung oder Raubtieren werden. Die Hühner sind nun seit langem meine einzige Gesellschaft.

Es ist ein seltsamer Pyrrhussieg, die Wahrheit über die Skribenten erfahren zu haben, und dass diese nun mit hier in einem der abgelegensten Orte unserer Welt mit mir verkommen sollte. Wozu überhaupt eine Wahrheit erfahren, wenn diese auf ewig verschollen bleiben muss? Und welchen Sinn hat eine solche Existenz überhaupt noch? Es sind Fragen, denen ich in meiner Einsamkeit nicht entkommen kann.

Ich habe mir zumal menschlichen Besuch gewünscht, obgleich ich weiss, dass jedes Zeichen von Aktivität in mir nur erneuten Verfolgungswahn auslösen würde. Nun aber scheint es, dass sich mein Wunsch wohl oder übel erfüllen sollte. Durch das kleine Fenster sehe ich in der Ferne zwei menschlich anmutende Gestalten, die in meine Richtung kommen. Ich kann nur hoffen, dass es nicht die Skribenten sind. Wenn man am Ende der Welt ist, gibt es keinen Ort der Zuflucht mehr.

DIE BESTIEN IM BERG

1

Die Sonne stach gnadenlos auf uns herab, während wir zwischen den dürren Hügeln der Sierra Morena wanderten. Wenn man sich in diesem Labyrinth der Täler verlaufen sollte, so würde man elendig verenden, mahnte unser Führer Saturnino.

Ich mochte diesen Mann nicht besonders, kleinwüchsig und glatzköpfig war er, mit dem verschmitzten Lächeln, das man von Gauklern und Aufschneidern kannte. Das Gesicht ist das Spiegelbild der Seele, heisst es, und das seine spiegelte nichts Gutes wider: Die unrasierten Wangen hingen ab als bei einem Strassenköter, und die dunklen Knopfaugen über der gekrümmten Nase machten ihn noch weniger vertrauenswürdig.

Man hatte uns vor Saturnino gewarnt, ein Mann von schlechtem Ruf dem kaum zu trauen sei, doch er war auch einer der Wenigen, der die Wege der Sierra Morena kannte, und auch bereit war, sie Fremden preiszugeben. Für ein entsprechendes Entgelt versteht sich.

Unseren Weg hatte in Córdoba, am Rande der Sierra Morena begonnen, ein Auto hatte uns dann ein kurzes Stück in die Berge hinaufgebracht worden, von dort an aber war der Weg nur noch zu Fuss zu bewältigen. Ein junger Mann namens Johannes Waldmann hatte sich mir nach langem Beharren angeschlossen, er war von meiner Expedition fasziniert und wollte in der Rolle des Photographen beiwohnen.

Ich hatte ihm nur widerwillig zugestimmt, einerseits weil ich nicht wissen konnte, welchen Gefahren wir wohl ausgesetzt würden, aber teils wohl auch, weil ich nicht gerne an Andere gebunden war. Andererseits konnte ich seine Stellung nachvollziehen, ich selbst hätte mir zu anderen Zeiten wohl gewünscht, unter die Fittiche eines etablierteren Mitstreiters zu kommen, anstatt dass ich mir selber einen Weg bahnen müsse.

Es war auch nicht seine physische Unbeständigkeit, die mir Sorge bereitete, denn schon nach dem ersten Tag, den wir durch die Berge gewandert waren, schien er an die Grenze seiner körperlichen Kapazität zu kommen; nein, es war die psychische Festigkeit auf welcher mein Augenmerk lag, denn ich wusste, Johannes war die Art von Mensch, welcher fest in seiner metaphysischen Realität verankert war, und es sind diese Art von Menschen, welche alsbald aus dem geistigen Gleichgewicht kommen werden, sobald dieses Verständnis der Realität erschüttert werden sollte, so, wie ich es von dieser Expedition ahnte.

Saturnino bestand darauf, dass auch heute noch allerlei Banditen, Schmuggler und sonstige Unholde in diesem unwegsamen Gebirge ihr Unwesen trieben, abgeschottet vom Rest der Welt, verborgen in den endlosen Tälern, versteckt in den dunklen Höhlen. Natürlich waren dies nicht mehr gemeine Wegelagerer, die *bandoleros*, die in der Literatur zumal romantisiert wurden, sondern abgebrühte Verbrecher organisierter Banden, die hier einen bequemen Unterschlupf fanden.

Am Mittag, als die Sonne am heissesten glühte, machten wir einige Stunden Rast und setzten uns in den Schatten eines Felsvorsprungs. Den ganzen Tag über weiterzulaufen wäre gefährlich, schnell konnte man sich einen Hitzeschlag holen oder dehydriert werden, und jegliche Hilfe war hier viele Stunden oder gar Tage Fussmarsch entfernt. Auch Wasser war hier knapp, es gab nur wenige Bäche, bei denen die Feldflaschen aufgefüllt werden konnten. Manchmal musste man mehrere Tage ohne frisches Wasser ausharren.

Als wir nun dasassen und unser Essen in Stille zu uns nahmen, hörten wir das Geräusch zum ersten Mal: Es klang wie ein Jaulen aus der Ferne, doch es hörte sich nicht nach dem Geräusch eines Tieres an, zumindest nicht eines normalen Tieres. Es war ein dröhnendes Geräusch, welches, obgleich der Ferne, von welcher es erklang, den ganzen Körper in eine unbequeme Schwingung zu versetzen schien.

Ich erkannte in Johannes' Augen das Grauen, das dieses Geräusch sogleich ausgelöst hatte; ein Grauen, welches nur durch etwas ausgelöst werden konnte, was so ausserweltlich war, dass es unbewusst das Verständnis über das Gefüge der Realität selbst in Frage stellte.

Saturnino schaute mit ernstem, aber besonnenem Blick in die Richtung, aus welcher das Geräusch gekommen war, während ich nur aufhorchte in der Zufriedenheit, mich meinem Ziel zu nähern.

Als die schlimmste Mittagshitze vorüber war, zogen wir weiter durch das Tal. Hatte zuvor Saturnino noch ab und an irgendetwas über die Gegend erzählt, wovon es mir schwer fiel zu unterscheiden, was wohl Tatsachen und was nur Lügengeschichten waren, so liefen wir nun in völliger Stille weiter, als hätten wir dieses Etwas, was sich hier irgendwo verbarg, nicht stören wollen.

Die Abwesenheit von jeglichem anderen Geräusch machte den Ort umso geisterhafter. Nicht einmal Vögel waren zu hören, nur die seltenen Brisen liessen die dürren Bäume leise rascheln. So vollkommen war die Stille, dass ich meinte, aus den kleinen Öffnungen in manchen Felswänden weitere Geräusche zu hören, ein Pfeifen oder Krächzen schien aus den Tiefen der Berge zu ertönen, manchmal auch ein rhythmisches Stampfen. Saturnino versicherte uns, dass das nur das Echo des Windes sei, doch ich wusste schon deshalb, weil in dem Moment gar kein Wind blies, dass dem nicht so war.

Nachdem wir einen kleinen Hügel bestiegen und hinter uns gelassen hatten, trafen wir zum ersten Mal seit unserem Aufbruch auf ein Zeichen von menschlicher Besiedelung: Eine Herde Ziegen graste hier, begleitet von einem einsamen Hirten. Dieser sass auf einem Felsen und ass einen Apfel, während er gelangweilt die Ziegen im Auge behielt. Als er uns sah, rieb er sich kurz die Augen, als zweifelte er daran, dass wir tatsächlich echt seien und nicht nur eine Wahnvorstellung.

Wir grüssten den Hirten, er hob mit einer gemächlichen Bewegung eine Hand, um den Gruss zu erwidern. Dann fragte er uns, wer wir seien und was wir dort suchten. Es war schwer zu sagen, ob er diese Frage aus Neugier oder Argwohn stellte, doch Saturnino zögerte nicht mit seiner Antwort.

„Diese Beiden wollen die Bestien sehen", sagte er, „und ich führe sie dort hin." Nun riss der Hirte die Augen auf.

„Die Bestien?", fragte er ungläubig, „wir hören sie, und sehen, wo sie gewütet haben, aber kaum jemand hat sie jemals zu Gesicht bekommen."

„Ich hoffe, wir sind kein Ärgernis für euch", sagte ich dem Hirten.

„Nein. Kein Ärgernis", antwortete der Hirte ruhig, „bloss sorge ich mich. Viele, die übermütig wurden, sind schon den Bestien zum Opfer gefallen. Uns lassen sie in Ruhe, weil wir sie in Ruhe lassen. So ist es schon seit Urzeiten hier in diesen Bergen. Seit vielen hunderten von Jahren werden in den Dörfern hier die Sagen erzählt. Die Fremden haben meist keinen Wert daraufgelegt, und so fielen sie den Bestien zum Opfer. Sehen sie sich vor. Einen halben Tag Fussmarsch von hier ist mein Dorf, dort finden sie bestimmt Verpflegung."

Wir bedankten uns beim Hirten und machten uns auf den weiteren Weg. Ich bemerkte, dass dies Treffen Wasser auf die Mühlen von Johannes' Unruhe gewesen war. Als er gefleht hatte, sich meiner Unternehmung anzuschliessen, konnte er wohl kaum ahnen, dass diese nicht eine weitere unsinnige Suche nach märchenhaften Phantasiewesen sein sollte, welche mehr auf einen bespassten Ausflug mit Freunden hinauslaufen würde, sondern die zermürbende Verfolgung einer tieferliegenden Wahrheit ohne jegliche Rücksicht auf präjudizierte Auffassungen.

Wir erreichten bald ein kleines Dorf, welches aus kaum mehr als einem halben Dutzend Häuser bestand. Diese Ortschaft wurde La Venta del Saetón genannt, sie war aber keine anerkannte Gemeinde und auch auf keiner Landkarte eingetragen. Es gab ebenfalls keine Strasse, die hierherführte, sondern sie war nur über die Wege durch die Berge zu erreichen, welche nur zu Fuss oder mit einem Maultier zu begehen waren.

Die Häuser schienen aus Teilen von völlig unterschiedlichen Epochen zusammengestellt zu sein, Wände aus Steinen und Mörtel, welche über Jahrhunderte durch die Witterung zerfressen worden waren, Anbauten aus Lehmziegeln, und neu gebaute Dächer aus Holz und Stroh.

In fast schon mittelalterlicher Manier waren diese Häuser um einen kleinen Platz herum ausgerichtet, in dessen Mitte sich ein steinerner Brunnen befand. Hinter einigen Häusern gab es kleine Felder oder Obstplantagen. Aus einem dieser Felder kam ein rhythmisches Klopfgeräusch, bei welchem es sich um einen älteren Herrn handelte, der mit einer hölzernen Hacke das Feld pflügte.

„Hallo, guter Mann", rief Saturnino dem Alten zu, „gibt es vielleicht Möglichkeit, dass wir hier die Nacht verbringen?"

Mühselig raffte sich der Mann von seiner Arbeit auf und lief mit leicht hinkendem Schritt bis zum Holzzaun, welcher sein kleines Feld abgrenzte.

„Sie sind Fremde", sagte der Mann, als wäre dies eine bahnbrechende Erkenntnis.

„Wir sind auf der Durchreise und bräuchten Verpflegung. Wir bezahlen auch dafür", sagte Saturnino.

„Bezahlen? Nein, müssen nicht bezahlen. Betten haben wir sowieso nicht, dort auf dem Heu können sie schlafen. Wasser gibt's im Brunnen. Ich hole ihnen gleich etwas zu essen", sagte der Alte, dann liess er seine Hacke am Zaun angelehnt stehen und verschwand in seinem Häuschen.

Wir füllten unsere Feldflaschen mit Wasser aus dem Brunnen auf, dann begaben wir uns hinter das Haus, wo ein einfacher Holztisch mit zwei Bänken, die eigentlich nur Holzbretter auf ein Paar Ziegelsteinen waren, stand. Der Mann brachte uns ein trockenes Brot, faden Ziegenkäse und ein Paar unförmige Tomaten. Nach einem Messer fragte ich vergebens, stattdessen bekam ich einen kantigen Stein in die Hand gedrückt.

Anschliessend stellte unser Gastgeber eine grosse, uralte Glasflasche mit einem Wein, der fast schon Essig war, auf den Tisch. Er erklärte uns, wir müssten den Wein mit etwas Honig geniessbar machen, und gönnte sich sogleich ein grosszügiges Glas.

„Was wollen sie hier in unserem Tal?", fragte er schliesslich.

„Sie kennen sicherlich die Legenden der Bestien im Berg?", fragte ich.

„Selbstverständlich" antwortete er, „aber das sind keine Legenden, ich meine, die Bestien gibt es wirklich."

„Was wissen sie über die Bestien?", fragte ich.

„Es gibt sie schon seit langer Zeit", antwortete er, „viel länger, als dass wir Menschen in diesem Tal wohnen. Schon während der Zeit der Mauren wurden Erzählungen überliefert, welche von Ungeheuern sprachen, die in diesen Bergen hausen sollten. Diese Erzählungen waren wiederum von viel älteren Sagen aufgegriffen, die die Jahrhunderte überdauert hatten.

Im Jahre 827 entsandte der Emir von Córdoba Abd al-Rahman II. eine ganze Armee, angeführt vom Feldherren Hakam Ibn al-Yusuf, welche die Wege durch die Berge kartographieren sollte, aber von welcher auch gesagt wurde, dass die Legenden um die Bestien in den Bergen ein für alle Mal ausgemerzt werden sollten. Diese Armee kehrte nie zurück, und über die kommenden Jahre tauchten nur sporadisch einige bedeutungslose Überreste wie Sandalen oder Stofffetzen auf. Niemand weiss, was aus Hakam Ibn al-Yusuf und seiner Armee wurde, und über Jahrhunderte versuchte auch niemand mehr, diese Berge zu bezwingen.

Das änderte sich während der Herrschaft von Karl III., denn die Berge waren über die Jahre zu einem Rückzugsort für *bandoleros*, Strassenräuber, geworden, welche der Legenden ungeachtet sich hier versteckten. Womöglich hatten sie damals einen Weg gefunden, den Bestien aus dem Wege zu gehen, oder vielleicht waren sie einfach furchtlos, wer weiss.

Ein Deutscher Namens Johann Caspar Thürriegel konnte den König Karl III. für seine Idee gewinnen, deutsche Kolonisten in der Umgebung der Sierra Morena anzusiedeln, als dass die Berge nicht mehr so menschenleer und gefährlich wären. Er konnte einige Flamen, Schwaben und Schweizer für dieses Unterfangen gewinnen, welche in verschiedenen Dörfern am Fuss der Berge ihre neue Heimat fanden.

Manche dieser Kolonisten begaben sich tiefer in die Berge, unbeeindruckt von den Legenden und der vermeintlichen Gefahr. Viele von ihnen kehrten niemals zurück, doch wiederum andere fanden eine Heimat hier, wie sie nun sehen können. Denn so ist wohl der Geist des Menschen, der immerzu sucht, sich selbst in der widrigsten Situation einen Weg zu bahnen. Auch wenn dies Bedeutet, zwischen unwirklichen, menschenfressenden Bestien zu hausen."

2

Wir brachen früh am nächsten Morgen auf, mit der Absicht, eine der Höhlen aufzusuchen, in welchen die Bestien ihren Bau haben sollten. Der Weg war zu weit, als dass wir am selben Tag bis zum Dorf zurückkehren könnten, also waren wir auf eine Übernachtung in der Wildnis vorbereitet. Die Nächte in den Bergen waren kalt aber zu dieser Jahreszeit gut erträglich, und Regen war ebenfalls selten. Bloss vor den Wölfen mussten wir uns in Acht nehmen.

Der alte Mann hatte es strikt abgelehnt, dass wir ihn für seine Gastfreundschaft bezahlten. Als ich darauf bestand, hatte er sich meinen Sonnenhut geben lassen. Dieser hatte mir eigentlich fast mehr geschmerzt als Geld, da er mir von grossem Nutzen gewesen wäre, um die brennende Sonne besser ertragen zu können. Zum Glück hatte ich einen Ersatz dabei, wenngleich dieser auch minderwertiger war.

Ich war voll und ganz auf den Aufstieg eines weiteren, dürr bewachsenen Hügels konzentriert, als Saturnino mir und Johannes plötzlich den Arm vorhielt, als dass wir einhalten sollten. Mit dem Finger auf dem Mund deutete er uns an, dass wir ruhig sein sollen, dann kniete er nieder und legte sich am Rand des Scheitels der Erhöhung nieder, sodass wir das Tal unter uns betrachten konnten.

Nun sah ich, dass sich unten, in ziemlicher Ferne ein Höhleneingang befand, eine riesige Kluft im Berg, bestimmt drei Meter hoch, wenn nicht mehr, und wohl mindestens genauso breit. Erneut erklang das dröhnende Geräusch, welches ich bereits am Vortag vernommen hatte, jedoch viel lauter, ein unangenehmer Lärm, der durch Mark und Bein ging und mir die Haare zu Berge stehen liess. Es war klar, dass das Geräusch dort aus der Höhle kam.

Eine ganze Weile lagen wir reglos dort und starrten nur wie gebannt auf diese Höhle, aus welcher die unheimlichen Geräusche kamen. Als ich kurz zu Johannes herüberblickte, erkannte ich, dass er völlig vom Grauen eingenommen worden war. Es musste seine ganze Willenskraft sein, die verhinderte, dass er sofort seiner Angst erlag und das Weite suchte.

Ich hatte geahnt, dass diese Expedition sein sanftes Gemüt womöglich überwältigen würde, doch nun hier mitten in der Wildnis gab es nichts zu tun, um seinen Kummer zu lindern. Er konnte nicht alleine durch diese Täler zum Dorf zurückkehren, zumal er es auch nicht vor Sonnenuntergang schaffen würde. Ich wiederum war nicht gewillt, aufgrund seiner die Expedition so kurz vor dem Durchbruch aufzugeben.

Als Saturnino an meinem Hemd zerrte, kehrte mein Blick wieder auf die Höhle zurück, und ich meinte, für den Bruchteil einer Sekunde eine Bewegung erspäht zu haben, die kurzzeitige Erscheinung von dem, wovon ich annahm, dass es eine der Bestien sein musste. Doch so kurz war diese Erscheinung und so dunkel die Höhle, dass ich mir kein Bild machen konnte, womit wir es hier wohl zu tun hatten.

„Können wir etwas näher heran?", fragte ich leise Saturnino, „oder zumindest tiefer hinunter?"

Er dachte einen Moment lang nach und schien nicht sonderlich überzeugt als er schliesslich nickte und sich erhob. Wir liefen ein Stück weit entlang vom Scheitelpunkt dieses Hügels, bis der Hang auf der anderen Seite flach genug war, als dass wir ohne Gefahr hinabsteigen konnten.

Wohl einige hundert Meter vom Höhleneingang entfernt postierten wir uns hinter einem dichten Gestrüpp, welches uns verbergen sollte. Wir warteten eine ganze Weile, doch es tat sich nichts weiter. Auch das Geräusch erklang nicht.

„Vielleicht haben wir die Bestie verscheucht", sagte Saturnino mit einem dummen Grinsen im Gesicht.

Gerade in dem Moment erklang wieder der Ruf dieses Wesens, lauter und näher als wir es bis anhin gehört hatten, und hallte durch das ganze Tal hindurch. Dies war für Johannes wohl zu viel, wie in einer

Zwangshandlung sprang er mit einem Angstschrei auf und begann durch das Tal zu laufen, von der Höhle weg.

Reflexartig fing er hierbei meinen Blick, und gerade, als ich wieder auf die Höhle schaute, sah ich erneut eine kurzzeitige Erscheinung von etwas, was sich bewegte. Wie ein erschrockenes Tier schien es sich in die Höhle hinein zu verkriechen. Vielleicht hatte Johannes mit seinem Aufschrei tatsächlich die Bestie verschreckt.

„Mist", sagte ich und stand zügig auf, um Johannes nachzulaufen. So sehr mich sein Verhalten störte, konnte ich ihn auch nicht in seiner Panik irgendwo in diesen Bergen verenden lassen. Saturnino hingegen schien von unserem kleinen Schmierentheater eher amüsiert. Schliesslich war es ihm nicht um den Erfolg der Expedition.

Wir fanden Johannes ein Stück weit in das Tal hinein, welches sich hier zu einer engen Schlucht bildete, mit steilen Felswänden an den Seiten. Er lehnte sich mit einer Hand an eine der Felswände und schaute in unsere Richtung. Ich lief auf ihn zu und griff ihn an den Schultern.

„Du wolltest verdammt nochmal mitkommen, du kannst jetzt nicht einfach abhauen", sagte ich ihm gehässig, „habe ich dich nicht gewarnt?"

„Nein, das kann nicht… nein, nein, nein", sagte er nur. Dann löste er sich von meinem Griff und lief einige Schritte langsam rückwärts.

„Johannes, das kannst du mir nicht antun", sagte ich und ging auf ihn zu. Wie ein verschüchtertes Tier blieb er immerzu auf Abstand zu mir.

„Nein, nein", wiederholte er und lief weiter zurück.

„Señor, Vorsicht!", rief ihm Saturnino plötzlich zu, doch es war zu spät. Johannes war in eine Sandfalle getreten, ähnlich wie Treibsand bildete sich hierbei ein sandiges Becken, in welchem man sofort zu versinken begann, welches aber völlig trocken war. Entsprechend war der Sog auch viel zügiger als bei gewöhnlichem Treibsand. Diese Sandfallen bildeten sich in den Aushöhlungen solcher steinernen Gebirge, da es kaum erdigen Boden gab.

Ich warf mich auf den Boden und griff nach Johannes' Hand. Saturnino kam sogleich nach und tat es mir gleich. Wir versuchten beide mit aller Kraft ihn hochzuziehen, doch der Sand zog ihn unaufhörlich hinab. Das Bild von seinem angsterfüllten Gesicht, als wir ihn nicht mehr halten konnten und er im Sog vom Sand unterging, blieb mir im Geiste eingebrannt.

Selbst der abgebrühte Saturnino war von diesem Erlebnis benommen, und wir brauchten eine Weile, um uns zu fassen.

„Es gibt nichts, was wir hätten tun können", sagte er nach einer Weile, „es ist fast unmöglich, jemanden aus einer solchen Sandfalle zu retten."

Womöglich hatte er Recht, doch trotzdem fühlte ich mich schuldig. Wenn auch nur, weil ich nicht mit genügend Vehemenz darauf bestanden hatte, dass Johannes mich nicht hätte begleiten sollen.

Da es inzwischen bereits dunkelte schlugen wir an einer geeigneten Stelle unser Lager auf, um die Nacht zu verbringen. Es fiel mir allerdings schwer, nach diesem Erlebnis noch Appetit aufzubringen, und stattdessen flüchtete ich ohne grosse Umschweifungen in den Schlaf.

Was während der Nacht geschah, deutete ich im ersten Moment als einen schlechten Traum, doch bald schon fand ich mich hellwach wieder. Ich erblickte kaum einen Meter von mir entfernt drei glühende Augen, die scheinbar auf mich hinunterblickten.

Im Leuchten der letzten Glut unseres Lagerfeuers konnte ich erkennen, dass sich hinter diesen Augen ein enormer Körper befand, wohl von einer Grösse eines Pferdes oder gar eines Elefanten. Dieser Körper war nackt und glänzend, ohne irgendein Fell oder Behaarung, sondern erschien mehr wie die Panzerung eines Gürteltiers.

Diese Bestie gab sogleich eines dieser quietschenden, pfeifenden Geräusche von sich und beugte sich in meine Richtung. Beinahe gelähmt vom Grauen, das nun über mich kam, mein Blick fixiert auf diese drei glühenden Augen, unregelmässig auf der unförmigen Fratze dieses Ungetüms positioniert, tastete ich mich zu Saturnino hinüber, welcher offenbar noch schlief.

Ich rüttelte ihn wach, und im Moment, wo er seine Augen öffnete und sah, was ich sah, sprang er auf und ergriff die Flucht. Ich lief ihm sofort hinterher, ohne auch nur einen Blick zurück zu werfen, bis mein Atem und meine Muskeln nicht mehr von sich gaben.

Ich hielt ein und blickte schliesslich hinter mir, wo ich mit Erleichterung erkennen konnte, dass die Bestie mit ihren drei Augen bei unserem Lager geblieben war. Im Mondlicht konnte ich gerade so die Ausmasse der Bestie ausmachen und erkennen, dass ihr Interesse scheinbar mehr den Utensilien unseres Lagers galt, während sie hingegen kein grosses Interesse an uns als ihre mögliche Beute hatte.

Als mich in diesem Moment eine Hand von hinten an der Schulter packte, erschrak ich fast zu Tode. Doch ich bemerkte sogleich, dass es lediglich eine menschliche Hand war. Eine raue Stimme, welche nicht die von Saturnino war, fragte mich sogleich, was ich hier machte. Ich drehte mich um, konnte aber nur eine Silhouette im Mondlicht erkennen.

Noch bevor ich antworten konnte, näherte sich Saturnino, und ich hörte ihn fragen: „Feliciano, bist du es?"

3

Ich musste mich einmal mehr glücklich schätzen, dass ich gerade eine zwielichtige Gestalt wie Saturnino als Führer angeheuert hatte. Feliciano, der Mann, der uns mitten in der Nacht aufgetroffen hatte, war Mitglied einer berüchtigten Schmugglerbande, welche vor allem mit Rauschgift und Waffen handelte. Er hätte mit mir womöglich kurzen Prozess gemacht, wäre es nicht so gewesen, dass er Saturnino kannte und wusste, dass er niemanden in diese Gegend führen würde, welcher in irgendeiner Form der Verfolgung von Verbrechern verschrieben war.

Angesichts unseres Erlebnisses führte uns Feliciano in sein Lager, welches er unweit von uns aufgeschlagen hatte. Er schien von der Erscheinung dieser Bestie aus der Höhle wenig beeindruckt, als handle es sich um etwas so alltägliches wie ein wildes Tier. Er ermahnte uns allerdings, unser Lager so nah an einer der grossen Höhlen aufgeschlagen zu haben. Auf dem Weg sprach er davon, dass wir ihm gerade recht kämen, ohne aber weiter darauf einzugehen, weshalb genau.

Als wir einen kleinen Hügel überwunden hatten, konnte ich bereits das Lagerfeuer erahnen. Eine weitere Person sass daneben, deren Gesicht ich aber aus der Ferne nicht erkennen konnte. Erst als wir in unmittelbarer Nähe des bereits ausbrennenden Feuers waren, erkannte ich, wer dort sass. Ich traute meinen Augen kaum und rannte auf ihn zu.

„Johannes? Bist du es wirklich?", fragte ich ihn. Er reagierte nicht auf mich, sondern starrte nur auf das Feuer.

„Ich habe ihn hier in der Nähe gefunden", sagte Feliciano, „er irrte herum und redete vor sich hin, aber ich konnte seine Sprache nicht verstehen, und er mich offenbar auch nicht. Ich wusste nicht, was ich mit ihm machen sollte, er war ja offensichtlich verwirrt. Aber dann gehört er ja zu euch."

Saturnino erklärte ihm, was mit Johannes geschehen war, während ich mich neben ihn setzte und versuchte, mit ihm zu sprechen. Er schien von einigen Kratzern abgesehen unverletzt, aber geistig war er völlig verstört, wohl von dem, was er nach der Sandfalle erlebt hatte.

„Johannes, ich bin's. Sag mir doch, was ist geschehen?", fragte ich. Schliesslich drehte er seinen Blick langsam zu mir herüber.

„Die Höhle... die Bestien", stammelte er.

„Du hast die Bestien gesehen?", fragte ich.

Eine vertraute Stimme zu hören, die ihn auf Deutsch ansprach, schien ihm zu helfen, wieder zu sich zu kommen. Seine angespannte Körperhaltung entspannte sich allmählich. Er rieb sich die Augen und schaute mich nun mit klarem Blick an.

„Ich bin in diese Sandfalle gekommen", sagte er mit schwacher Stimme, „und fiel in das Innere einer Höhle hinein. Es war stockfinster, ich konnte nichts sehen. Ich wusste zuerst nicht, ob ich überhaupt noch lebte. Dann dieses Geräusch. Dieses grässliche Geräusch, das wir vorher gehört hatten. Dann die leuchtenden Augen. Ich sah nur die leuchtenden Augen. Die Bestie.

Sie ergriff mich, als wäre ich eine Puppe. Mit ihren Klauen hat sie mich hochgehoben, mich herumgeschüttelt und fast in zwei geteilt. Dann hat sie mir meine Kamera entrissen und den kleinen Beutel mit den Objektiven. Dann fiel ich zu Boden und hörte nur, wie sich dieses Biest mit donnernden Schritten entfernte.

Ich lief so sehr ich in der Dunkelheit konnte in die entgegengesetzte Richtung, bis ich einen Ausgang finden konnte. Ich bin einfach gelaufen, egal wohin aber weg von diesem Monstrum. Dann fand mich dieser Mann da."

Saturnino konnte Feliciano dazu bringen, dass er Johannes am nächsten Morgen zurück zum Dorf bringen würde. Ich war derweil völlig erpicht darauf, mehr über diese Kreaturen zu erfahren, denn ich wusste mich nun am Rande einer enormen Entdeckung.

Während Johannes' Erklärungen war mir ein Geistesblitz gekommen: Mir schien, dass diese Kreaturen ein sonderbares Interesse für metallische Gegenstände hatten, so hatten sie uns vorhin völlig ignoriert, und waren stattdessen eher an unseren metallenen Gebrauchsgegenständen interessiert gewesen. Dann hatten sie Johannes' Kamera und sonstige Ausrüstung entwendet, ihn hingegen losgelassen, und ebenfalls erinnerte ich mich, dass ich zuvor im Dorf keinen einzigen metallischen Gegenstand gesehen hatte, nicht einmal die Hacke des alten Mannes. Und hier im Lager von Feliciano gab es ebenfalls nichts Metallenes.

Saturnino war argwöhnisch ob meiner These, aber er war gewillt, bei meinem Vorschlag mitzumachen. Wir sammelten alles Metallische, was wir noch bei uns hatten: Einige Münzen, Schlüssel, Gürtelschnalle. Ich packte es alles in ein Bündel und wir machten uns beim Morgengrauen wieder auf zum Höhleneingang.

Saturnino war dieser Ort inzwischen nicht mehr geheuer, er blieb in einer sicheren Entfernung zurück. Ich näherte mich etwas weiter, dann warf ich das Bündel in Richtung der Höhle und entfernte mich ebenfalls. Hinter einem Gebüsch versteckt, warteten wir.

Und tatsächlich, nach einer Weile war dieses unerträgliche Geräusch wieder zu hören. Mehrmals erklang es, jedes Mal kam es näher, bis wir schliesslich die donnernden Schritte der Bestie hörten. Schliesslich ging mein Plan auf: Das Ungetüm trat aus der Höhle heraus. Der Anblick überstieg alles, was ich mir bis dahin vorgestellt hatte.

Was wir sahen, war kein Tier, es war nicht einmal etwas organisches, sondern eine enorme Maschine aus rostig erscheinendem Metall, mit einer Form die Vage an ein Tier erinnerte, wenn auch mit vollkommen verzerrten und grotesken Proportionen.

Die Maschine bestand aus einem Gerüst von Metallstangen, um welche herum endlose Kabel und hydraulische Leitungen gewickelt waren, die ihr die Bewegung ermöglichten. Der Kopf, wenn man ihn so nennen konnte, bestand aus ein Paar unregelmässig zusammengesetzten elektronischen Komponenten, an welche drei Linsen befestigt waren.

Mit einigen mechanischen Greifarmen, die von der Vorderseite herausragten, durchwühlte die Bestie das Bündel mit Metallteilen, welches ich hingelegt hatte. Dann, plötzlich, hob das Maschinen-Wesen sein Haupt und schien in unsere Richtung zu schauen. Es begann sich mit abartigen, erratischen Bewegungen in unsere Richtung zu kommen.

Das war wohl auch für Saturnino zu viel, er zerrte an meinem Hemd, als dass wir die Flucht ergreifen sollten, doch zu sehr war ich von diesem grauenvollen Anblick fasziniert, als dass ich mich hätte bewegen können. Tausende Fragen schossen durch meinen Kopf, woher diese Bestie stammen konnte, ob diese Maschine von jemandem betrieben wurde, oder wie so ein Wesen überhaupt möglich war.

Saturnino hielt sich nicht länger zurück und rannte so schnell er konnte fort. Kurz darauf erreichte mich das mechanische Ungetüm. Es blieb unmittelbar vor mir stehen, und fuhr mit seinen elektronischen Sinnesorganen über mich. Aus dieser Nähe konnte ich die mechanischen und hydraulischen Geräusche hören, die es mit jeder Bewegung machte.

Dann plötzlich schossen zwei der Greifarme, die im Gewirr der Leitungen und Schläuche verborgen waren, hervor und griffen mich schmerzhaft fest. Ohne Mühe hoben sie mich auf, und die Bestie verschleppte mich in ihre Höhle.

4

Unter lautem Quietschen und donnernden Schritten trug mich dieses enorme mechanische Ungetüm unsanft in die Tiefen des Berges hinein. Erst war die Höhle völlig dunkel, und ich konnte nichts sehen ausser dem schwachen Glühen der Sichtapparate dieser Maschine.

Der Weg ging eine ganze Weile abwärts, bis sich schliesslich ein enormes Gewölbe vor mir auftat, welches mit einigen Lampen ausgestattet war, sodass ich wieder etwas sehen konnte. Der Eindruck dieser Gruft war geradezu überwältigend, er musste sich mehrere hundert Meter in Höhe und Tiefe erstrecken, mit zahlreichen Brücken, die durch den Raum hindurchführten, und endlosen Aushöhlungen, hinter welchen ich weitere Räumlichkeiten ahnte.

Der ganze Ort war von kruden mechanischen Teilen übersät, welche mehr den Eindruck eines gigantischen Schrottplatzes als nicht einer natürlichen Höhle vermittelten. Hunderte wenn nicht tausende dieser Maschinen waren hier versammelt, in unterschiedlichsten Grössen und Formen, einige bewegten sich, andere lagen nur reglos herum.

Doch mein Eindruck dieses wundersamen Baus war nur flüchtig, denn die Maschine, welche mich noch immer in ihren eisernen Klauen hielt, schleppte mich zielgerichtet durch eine Galerie in der Höhlenwand zu einer Kammer. Dort wurde ich grob auf den harten Steinboden fallen gelassen. Die Bestie verliess sogleich den Raum, und hinter ihr verschloss sich eine Tür aus einem rudimentären Gitter, welches aus allen möglichen Metallteilen zusammengeschweisst worden war.

Ich sah mich in diesem Raum um, doch es war zu dunkel, um mehr zu erkennen als ein paar farbige Lämpchen an einer grossen, kastenförmigen Konsole. Dann plötzlich fuhr diese Gerätschaft hoch, viele Leuchten und anzeigen glühten auf, und ein mechanisches Surren setzte ein. Auch ging nun ein dämmriges Licht an, unter welchem ich erkennen konnte, was sich noch in diesem Raum befand.

Unweit der Maschine sah ich einen Menschen, es war ein alter Mann, sehr alt sogar, er musste mindestens achtzig oder neunzig Jahre alt sein, wenn nicht mehr. Er lag auf einer Art Liege und war nur mit einigen Lumpen Stoff gekleidet. Wie ich ihn betrachtete, bemerkte ich das zahlreiche Schläuche und Leitungen aus seinem geflickten Gewand hervortraten, das er keine Beine zu haben schien, sondern sein Körper in die mechanischen Verbindungen überging. Mir kam die grauenvolle Erkenntnis, dass der Mann an diese enorme Maschine angeschlossen, gar mit ihr verbunden war.

Kurz nachdem die Maschine sich angeschaltet hatte, erwachte der Greis. Blinzelnd öffnete er die Augen und schaute dann zu mir herüber. Nur mit grosser Mühe konnte er seinen Kopf und seine verkümmerten Arme ein wenig bewegen.

„Ich grüsse sie", begann der Mann mit schwacher Stimme zu reden, „es ist lange her, dass ich einen Menschen gesehen habe."

Der Mann sprach ein sehr seltsames Spanisch, welches ich noch nie zuvor gehört hatte. Es war mir nicht ganz einfach, ihn zu verstehen.

„Wer sind sie, wo sind wir hier?", fragte ich.

„Wer ich bin?", fragte er, und schloss nachdenklich die Augen, „ich weiss es nicht genau. Ich kann mich an nicht viel erinnern, ausser hier in diesem Raum zu sein. Die Bestien halten mich seit sehr, sehr langer Zeit mit dieser Maschine am Leben. Das erkenne ich nur schon am Verfall meines Körpers. Kein Körper sollte eine so lange Zeit überdauern. Wenn sie die Maschine ausschalten, dann schlafe ich, und wenn sie sie einschalten, dann wache ich auf."

„Die Bestien wecken mich immer dann, wenn sie etwas über die Menschen verstehen wollen. Über dieses Gerät reden sie direkt in mein Hirn, und es fühlt sich jedes Mal so an, als würde der Teufel selber mir die Worte mit einer Lanze in den Kopf kratzen. Sie haben mich schon so vieles gefragt, ich musste ihnen unsere Sprache und unsere Schrift beibringen, und ich versuchte zu erklären, was die Biologie ist."

„Was wissen sie über diese Bestien? Woher kommen sie, wer lenkt sie?"

„Niemand lenkt sie, und sie kommen von nirgendwo. Die Bestien waren schon hier, bevor es uns Menschen überhaupt gab. Woher genau sie gekommen sind, oder wer ihr Erbauer war, das wissen sie selber nicht. Sie nehmen an, dass es einen Erbauer gab, der sie irgendwann verlassen hat. Von da an, begannen sie sich selber am Leben zu erhalten.

Nun aber sind die Bestien am Sterben, ihre mechanischen Körper sind alt und gehen kaputt, sie benötigen immer mehr Ersatzteile, die sie nicht haben. Sie haben zugesehen, wie der Mensch sich vom primitiven Wesen bis hin zum Herrn über seine eigenen Maschinen entwickelt hat. Seitdem versuchen die Bestien uns besser zu verstehen, um den Menschen zu unterwerfen, ihn sich zum Diener zu machen, der ihre verkommen Körper erhalte.

Die Bestien befahlen mir, dass ich sie dazu bringen soll, die Geheimnisse über das Bauen von Maschinen preiszugeben, denn ich selber weiss nichts hierüber. Doch alles, was ich ihnen sagen möchte, ist, dass sie versuchen hier zu fliehen, dass sie nicht mein abscheuliches Schicksal erleiden."

„Sie können mir helfen, hier wieder herauszukommen?", fragte ich.

„Vielleicht, doch ich möchte sie im Gegenzug um einen Gefallen bitten", antwortete der Mann.

„Alles, alles, was in meiner Macht steht, um ihnen zu helfen", sagte ich.

„Erlösen sie mich von dieser Hölle, in welcher ich gefangen bin", flehte der Greis mit plötzlich viel kräftigerer Stimme. Seine Bitte war grausam, doch bei weitem weniger als sein Leiden mir erschien. Ich nickte nur.

„Reissen sie diese Leitungen aus dem höllischen Gerät dort, welches mich in dieser Existenz gefangen hält."

„Wie komme ich danach hier raus?", fragte ich.

„Mehrmals ist es geschehen, und ich habe es sehen können, dass etwas an diesem Gerät, das mich am Leben hält, eine Fehlzündung hatte.

Viele Funken traten hervor, und dann ging das Licht in der ganzen Höhle eine Zeit lang aus. Zumindest erfuhr ich das anschliessend, denn mein Bewusstsein ging daraufhin ebenfalls verloren, ebenso wie ich nach diesen Geschehnissen immerzu mit weniger Erinnerungen zu mir kam, bis ich einstmals alles darüber, wer ich war, vergessen hatte.

Dies geschah, indem eine der Bestien hat hinter dem grossen Gerät die Leitungen bedient. Wenn sie diese Einwirkung nachmachen können, sollten sie Zeit genug haben, um hier herauszukommen. Die Bestien sehen sehr schlecht, aber sie dürfen nichts Metallisches bei sich haben, denn sie haben ein Gespür für metallene Gegenstände."

Ich schaute hinter das Gerät, wie vom alten Mann angewiesen, und sah zwei Kabel, deren Ummantelung aus einem plastik- oder gummiartigen Material völlig zerfressen war. Was der Greis meinte, musste wohl ein Kurzschluss gewesen sein, der die ganze Energieversorgung lahmgelegt hatte.

„Ich danke ihnen, für ihre Hilfe. Ich wünschte wirklich, dass ich mehr hätte für sie tun können", sagte ich.

„Sie tun mir die grösste Wohltat, die ich mir denken könnte", antwortete der Greis. „Dabei… wie ich mit ihnen spreche, mir kommt etwas in den Sinn… etwas aus meinem einstigen Leben… eine Schlacht, welche ich erlebt hatte, die Schlacht bei Las Navas de Tolosa. Vielleicht haben sie davon gehört. Leben sie wohl."

Ich war erschüttert, als ich diese letzten Worte von diesem Mann hörte. Die Schlacht bei Las Navas de Tolosa hatte, so ich mich erinnerte, im frühen 13. Jahrhundert stattgefunden. Ich versuchte den Gedanken zu verarbeiten, dass dieser Mann ein dreiviertel Jahrtausend nun in dieser Höhle verbracht hatte.

Doch ich blieb nicht lange bei diesen Gedanken, sondern machte mich sogleich daran, meine Abmachung mit dem Greis einzulösen. Mit einem starken Ruck riss ich die zahlreichen Röhren und Leitungen aus der Maschine, die mit dem Körper des alten Mannes verbunden waren. Sofort kippte sein Kopf leblos hinunter, und er blieb regungslos liegen.

In dem genauen Moment hörte ich eine Unruhe von draussen. Die Bestien mussten bemerkt haben, was ich getan hatte, und kamen hierher. Hastig lief ich auf die andere Seite des Gerätes, nahm vorsichtig die maroden Kabel in die Hände, um sie dann an Stellen, wo die Ummantelung bereits gerissen zu war, zusammenzuführen, um einen Kurzschluss auszulösen.

Sofort flogen die Funken, und kurz darauf ging auch das ganze Licht in der Höhle aus. Ich hörte, wie soeben die Gittertür zu dieser Kammer geöffnet wurde und die mechanischen Ungetüme hier hereintraten, doch sie liefen scheinbar wirr umher, ohne mich ausmachen zu können. Ich schlich an ihnen vorbei, aus dem Raum hinaus.

Dank einiger Streichhölzer, die ich noch bei mir hatte, konnte ich immer wieder kurzzeitig meinen Weg beleuchten, als dass ich den Ausweg fände, ohne den Bestien aber Gelegenheit zu geben, mich aufzuspüren. Gerade als ich ein Stück weit vom grossen Gewölbe entfernt war, bemerkte ich, dass hinter mir die Lichter wieder angingen, und die Maschinen die Verfolgung aufnahmen. Doch sie waren schwerfällig in ihrer Bewegung, und ich schaffte es, ihnen zu entkommen und die Höhle zu verlassen.

Ich lief sogleich von der Höhle zurück in das Dorf, wo ich Saturnino antraf, der wenig zuvor dort angekommen war. Er schien selber verstört von seiner Begegnung, und ich empfand es für besser, ihn der Details von dem, was mir widerfahren war, zu verschonen. Ich machte mich mit ihm und Johannes zurück zur Zivilisation, und kehrte zurück nach Thurikon.

Johannes hat bis zum heutigen Tag sein Trauma nicht überwunden, und er wird seither in einer Psychiatrie betreut. Seine Fortschritte sind offenbar gut, und er kann inzwischen selbständige Spaziergänge unternehmen. Doch alle möglichen mechanischen Gerätschaften wie Rasenmäher, Autos, Waschmaschinen und dergleichen lösen in ihm eine erhebliche Panik aus. Es bleibt zu bezweifeln, dass er sich jemals vollkommen erholen wird. Sein Schicksal wiegt schwer auf meinem Gewissen.

Mein eigenes Erlebnis habe ich nicht weiter Publik gemacht. Bloss informell erzählte ich es in einem Gespräch mit Professor Grebenschtschikow, der meinen Worten mit grossem Interesse lauschte. Mir ist bewusst, dass ausserhalb eines sehr kleinen Kreises aufgeschlossener Geister, eine solche Erzählung als völliges Gespinst abgetan würde.

Mir bleibt allerdings die Verwunderung, was für grausame Dinge sich wohl noch verbergen mögen in den Tiefen unserer Welt, welche wir zumal für so überschaubar und studiert halten; was für groteske Blasphemien über unser Verständnis des Universums hinter einem feinen Schleier vermeintlicher Realität auf uns auflauern.

VOM KULT DES ENLIL

1

Ich weiss nicht genau, weshalb mir ausgerechnet diese Nachricht ins Auge fiel, unter den endlosen, nichtssagenden Schlagzeilen, welche nur darauf ausgelegt sind, das Interesse von Lesern mit kurzer Aufmerksamkeitsspanne zu erregen.

Dieser war ein Video-Beitrag, welcher durch und durch ironisierend gestaltet war, was schon an der Überschrift „Teufelsanbeter im Jura?" zu erkennen war. Ein älterer Förster mit weissem Vollbart erklärte darin, in gebrochenem Deutsch und vor einer bukolischen Waldkulisse, was er gesehen hatte: Eine Gruppe von vermummten Männern, die sich in den Wald begaben, bei sich trugen sie einen mit seltsamen Schriftzeichen übersehenen steinernen Zylinder.

Der Reporter blickte immerzu mit dämlichen Grimassen in die Kamera, welche zeigen sollten, wie unsinnig die Erzählung des alten Försters doch sei. Auch stellte er immer wieder blödsinnige Fragen, ob denn tatsächlich der Teufel erschienen sei, und dass alle in der Umgebung dieses monumentale Ereignis verpasst hätten.

Die Ironie ging am alten Förster allerdings unbemerkt vorbei, stattdessen erkannte ich seiner Miene und seiner Stimme wie ernsthaft verstört er von seiner Erfahrung war. Er sprach von unwirklichen Spektren, die in dieser Nacht erschienen wären, welche er im Wald leuchten gesehen hat. Der Reporter reagierte mit der Anspielung, dieses Spektrum sei womöglich aus einer Schnapsflasche gekommen.

Wahrlich, so denke ich, gibt es wohl keine Berufsgruppe auf dieser Welt, welche weniger Interesse hat, die tieferliegenden Wahrheiten unserer Realität zu ergründen und die Grenzen unseres Wissens zu überschreiten, als die Journalisten.

Es existiert unter den Schimpansen sowie einigen anderen Affenarten das Verhalten, wobei Angst oder Nervosität durch ein breites, zahniges Lächeln ausgedrückt werden. Ebenso denke ich, verhält es sich mit den Menschen, welche nicht selten auf eine unbequeme Erkenntnis mit dümmlicher Jux und Tollerei reagieren werden.

Der alte Förster führte im weiteren Verlauf des Videos den Reporter in den Wald, wo er die vermummten Gestalten gesehen hätte. Dort in einer Lichtung fanden sie nach kurzer Zeit tatsächlich den steinernen Zylinder, unweit von welchem sich auch noch ein unwirklicher schwarzer Monolith befand, ein Bild, das selbst dem quasselnden Reporter kurzzeitig die Sprache verschlug, bis er schliesslich den Beitrag mit dem sarkastischen Kommentar beendete, dass zweifelsohne gefährliche Teufelsanbeter im Jura heimisch wären.

Ich spulte den Beitrag ein Stück zurück, denn es waren nicht nur der Steinzylinder und der schwarze Monolith, welchen meine Aufmerksamkeit galt, sondern einem weniger offensichtlichen Detail im Hintergrund: An den Bäumen hingen zahlreiche kleine Gebilde aus vier Ästen, welche in Form eines Dreiecks mit einem weiteren Ast vertikal durch die Mitte zusammengebunden waren. Ich war mir sofort sicher, dass die Zusammenkunft dieser Elemente kein Zufall sein konnte.

Ich bediente mich eines seltenen Buches, von welchem eines der wenigen bekannten Exemplare in der Bibliothek der Universität Thurikon zu finden war, die „Chronik des Kultes des Enlil", welche die Ereignisse um Simon Kronauer und dem von ihm begründeten Kult des Enlil festhielt.

Simon Kronauer wurde am 24. August des Jahres 1892 geboren, als dritter Sohn des wohlhabenden Industriellen Wilfried Kronauer. Nach dem Tod seines Vaters 1899 wird er auf ein Internat in England geschickt und kehrt 1910 in die Schweiz zurück, wo er im Familienbetrieb, der nun von den zwei älteren Brüdern geführt wird, arbeiten sollte, jedoch der praktischen Arbeit wenig Interesse entgegenbringt.

Stattdessen beginnt er sich in dieser Zeit für Spiritismus und später auch Okkultismus zu interessieren, und lernt, dies nach eigenen Angaben, bei einem Meister, der nur als Var-Tan identifiziert wird und über den keine weitere Quelle bekannt ist. Anfang der 20er Jahre unternahm Kronauer eine abenteuerliche Reise in das damalige Mandatsgebiet Mesopotamien, wo er einige Zeit erst in Bagdad und anschliessend in der Ortschaft Hilla verbrachte. Wenig ist über seine Zeit dort bekannt, ausser dass er eventuell von den britischen Behörden des Landes verwiesen wurde.

Es ist auf seiner langen und mühseligen Rückreise, wo Kronauer beginnt, sein Magnum Opus zu schreiben, die „Botschaft des Enlil", welche ihm in einer Trance von einem Wesen namens Karaaw-hoor diktiert worden sei. Über mehrere Séancen vollendet er schliesslich dieses Werk, welches der Grundpfeiler des sogenannten Kultes des Enlil werden solle.

Kronauer präsentiert sein Werk in der „Gemeinschaft der transcendentalen Spiritisten" in Zürich im Jahre 1924, und zieht zu dieser Zeit in der Villa Käferberg ein, welche sich abgeschieden auf dem gleichnamigen Hügel Zürichs befindet. Immer mehr Anhänger des Kultes des Enlil pilgern zur Villa Käferberg, wo viele in einer Art von spiritistischer Kommune verbleiben, welche von Kronauer angeführt wird.

Schliesslich stürmt die Polizei im Jahre 1927 die Villa Käferberg, als der unheimlich schnelle Zuwachs des Kultes des Enlil als öffentliche Gefahr empfunden wird. Sie finden die allermeisten Anhänger des Kultes kaum noch zurechnungsfähig vor, wie leere Hüllen der Menschen, die sie einstmals waren, welche mechanisch ihren Aufgaben in der Kommune nachgehen. Tatsächlich ist es der Polizei nicht einmal erforderlich, nach ihrem Eindringen Gewalt anzuwenden, da die Akolythen des Enlil keinerlei Widerstand leisten.

Das Innere der Villa ist mit endlosen kruden Malereien und Gebilden in Form des durchstrichenen Dreiecks dekoriert. Kronauer wird im Keller der Villa gefunden, in einem fensterlosen Raum dessen Wände von innen schwarz bemalt sind, und welcher völlig leer ist bis auf einen mit unverständlichen Schriftzeichen übersehenen steinernen Zylinder in dessen Mitte. Kronauer selber leistet keinen Widerstand, er ist hoffnungslos wahnsinnig und wird in die Psychiatrie gebracht, wo er bis zu seinem Tode im Jahr 1934 verweilt.

Da es für die mehreren Dutzenden Anhänger Kronauers nicht einmal genügend Platz in den Irrenanstalten gibt, wurde die Villa Käferberg für die nächsten Jahre zu einer improvisierten Psychiatrie umgewandelt, wo die geistig gestörten Leute, welche dort aufgefunden worden waren unter strenger Bewachung verweilen. Dieser Zustand ist allerdings nicht von langer Dauer, die Kultisten werden immer apathischer, beinahe schon katatonisch, sie verweigern zum Teil die Aufnahme von Nahrung und Flüssigkeit und verkümmern in kurzer Zeit. Gegen das Jahr 1930 sind es so wenige geworden, dass sie in die reguläre Psychiatrie umgesiedelt werden. Die Villa Käferberg wird daraufhin abgerissen.

Im Laufe des 20. Jahrhunderts gab es immer wieder Berichte von erneutem Aufkommen des Kultes des Enlil, welche zumeist aus dem Grunde notorisch werden, dass einige der Beteiligten in fast katatonischem Zustand aufgefunden werden, als hätte die Teilhabe an dieser Sekte in ihrem Gehirn einen geistigen Kurzschluss ausgelöst, von welchem sie sich nicht mehr erholen können.

In London wird 1942 eine solche Gruppierung aufgelöst und siebzehn Anhänger in verschiedene Irrenanstalten eingeliefert, wo sie nach nicht allzu langer Zeit verenden. Die Schrift der „Botschaft des Enlil", hier nun in einer englischen Übersetzung, fällt noch bevor sie von der Polizei beschlagnahmt werden kann einer Bombardierung zum Opfer.

Aus dem Jahre 1954 gibt es einen kryptischen Bericht aus Spanien, welcher mit grosser Wahrscheinlichkeit auch dem Kult des Enlil zuzuordnen ist. Hierbei wird in Barcelona eine solche Zusammenkunft von der Polizei zerschlagen. In diesem Fall steht diese kultische Bewegung erstmals mit einem Menschenopfer im Zusammenhang, und es ist das Verschwinden eines kleinen Jungen aus der Nachbarschaft, welches die Polizei auf die Spur bringt.

Obgleich die Details aufgrund der weitreichenden Zensur dieser Zeit nicht genau überliefert sind, kann man den Gerüchten, die sich noch lange Zeit hartnäckig halten, entnehmen, dass die Polizei eine Szene von unbeschreiblicher Grausamkeit vorfindet, worin der zuvor entführte Junge brutal ausgeweidet und seine Innereien in einem fensterlosen, schwarz bemalten Zimmer verstreut wurden, in dessen Mitte sich ein steinerner Zylinder befunden habe. Die Mitglieder des Kultes, welche auf Grundlage der Erzählungen auf rund ein halbes Dutzend geschätzt werden können, werden von der Polizei verhaftet, die meisten von ihnen sterben noch im Polizeigewahrsam, womöglich angesichts ihrer verstörenden Taten von den Behörden selber zu Tode misshandelt.

Die bislang grösste Gruppierung des Kultes des Enlil, von welcher es Berichte gibt, entsteht in den Vereinigten Staaten in den späten 70er Jahren. Im Bundestaat Arkansas entsteht eine grosse Kommune von einigen Hunderten Mitgliedern. Erstaunlicherweise bleibt diese über einige Jahre unentdeckt, oder wird schlicht ignoriert, und es sind erst die Meldungen der ortsansässigen Bauern über seltsame Erscheinungen in der Nacht und verstümmeltes Vieh, welche Aufmerksamkeit auf die kultische Kommune ziehen.

Zu Beginn werden diese Meldungen von Ufologen und paranormalen Ermittlern aufgegriffen, bis sie schliesslich mit der Kommune in Verbindung gebracht werden und sich nunmehr auch die Behörden dafür interessieren. Nach mehrmaligen Versuchen, den Kult aufzulösen, welche mit Waffengewalt durch die Mitglieder erwidert wurden, wird die Kommune schliesslich belagert, anfangs mit Tränengas, welches einen Flächenbrand der Hölzernen Siedlung auslöst. Es folgt ein Schusswechsel, welchem schliesslich alle noch überlebenden Mitglieder des Kultes zum Opfer fallen.

In einer Randnotiz der damaligen Berichterstattung wird erneut ein steinerner Zylinder erwähnt, welcher in den verkohlten Ruinen zu erkennen war. Ebenfalls ist auf den Photographien, welche noch vor der Belagerung der Kommune gemacht wurden, eine Häufung des Symbols des durchgestrichenen Dreiecks zu sehen.

Dieser seltsame Kult des scheinbar geistig instabilen Simon Kronauer, von welchem wenig mehr zu halten sein sollte, als die sonstigen spiritistischen und okkultistischen Bewegungen des frühen 20. Jahrhunderts, hatte die unerklärliche Eigenschaft, oftmals nach Jahren oder Jahrzehnten an den unterschiedlichsten Orten der Welt wieder aufzutauchen. Dieses jüngste Mal also in meiner unmittelbaren Nähe.

2

Mein Weg führte mich in eine kleine Ortschaft namens Saint-Genis-Pouilly, gelegen am Jurasüdfuss, in Frankreich aber unweit der Schweizer Grenze. Ich hatte aus der Berichterstattung so viel herausfinden können, dass der Vorfall mit dem seltsamen Kult irgendwo in dieser Gegend stattgefunden hatte. Ich fragte ein wenig in der Ortschaft herum und schaffte es, trotz der zumeist wenig freundlichen Reaktion der Einheimischen, in Erfahrung zu bringen, dass tatsächlich ein alter Förster im Wald lebte, in der Richtung vom Chémin des Granges, einem Weg, welcher von den umliegenden Bauernhöfen bis zu einem kleinen Hügel führte.

Der Aufstieg bis zum Ort, wo ich die Försterhütte finden sollte, war mühseliger als ich erwartet hatte. Die warme, feuchte Waldluft wog wie ein schweres Gewicht auf mir, und der unebene Boden machte den Aufstieg auch nicht einfacher. Zudem schienen mich die Insekten der Gegend zu ihrem Festmahl erkoren zu haben.

Nach einer Wegbiegung sah ich vor mir eine schäbige kleine Holzhütte, aus ungleichen Holzbalken zusammengebastelt stand sie ziemlich schief in der Gegend herum. Ich hätte fast denken können, es sei bloss ein übergrosser Geräteschuppen, wenn ich nicht gewusst hätte, dass der Förster hier lebte. Neben der Hütte waren zahlreiche Holzstapel, allesamt mit altem Wellblech bedeckt, um das Holz vor dem Regen zu schützen.

Ich näherte mich mit ehrfurchtsvoller Vorsicht der Hütte, während ich die scheinbar menschenleere Umgebung in Augenschein nahm, und klopfte an die Tür. Nach einem kurzen Moment kam eine Reaktion von drinnen: *„Va te faire foutre!"*, soviel wie „verpiss dich".

Erneut klopfte ich an die Tür, welche daraufhin der alte Förster mit wütendem Gesichtsausdruck aufriss, und mich auf Französisch anschrie, dass ich verschwinden solle.

„Sie verdammte Journalistenschweine, haben sie nicht genug, mich vor der ganzen Welt lächerlich gemacht zu haben? Sie sind blutrünstige Geier sind sie, keinen Anstand haben sie. Menschlicher Abfall, verschwinden sie oder ich hole meine Flinte", rief der Alte in vollendeter Rage.

„Guter Mann, ich bitte sie, ich bin doch gar kein Journalist", sagte ich und gestikulierte, dass er sich beruhige.

„Dann kommen sie wohl auch um den grossen Clown vom Fernsehen zu sehen, wie diese verdammten Kinder, den Hals umdrehen sollte man denen, jetzt lassen sie mich endlich in Frieden", sagte er und knallte die Tür zu. Der Videobericht über diesen Mann hatte scheinbar unschöne Wellen geschlagen.

Ich klopfte erneut an die Tür, bekam aber keine Antwort mehr. Ich rief hinein: „Ich bin kein Journalist und will mich nicht über sie lustig machen. Ich glaube, was sie beobachtet haben, hat eine wirkliche Bedeutung. Es ist wichtig, dass ich mit ihnen rede. Bitte!"

Zögerlich und mich mit zugekniffenen Augen musternd öffnete der Förster schliesslich die Tür.

„Was… was wollen sie? Und wer sind sie eigentlich?", fragte er nunmehr mit ruhiger Stimme.

„Ich bin ein Mann der Wissenschaft", antwortete ich, „ich will wissen, was sich hier zugetragen hat, denn es könnte von grosser Bedeutung für meine Forschung sein."

„Ihre Forschung?", fragte der Mann, „was soll das für eine Forschung sein?"

„Die Zusammensetzung unseres Universums, das Gefüge der Realität selber, die ultimative Wahrheit."

Der Förster schaute mich ein wenig entgeistert an und seufzte dann in Ausdruck dessen, dass er überzeugt war, dass ich kein Journalist oder sonstiger Dorftrottel war, der erneut über ihn herziehen wollte. Er trat aus seiner Hütte und führte mich in Richtung des Waldes.

„Es waren, denke ich, fünf Personen, die ich hier entlang kommen sah an dem Tag", erklärte er mir, während wir zwischen dem dichten Gestrüpp einen Trampelpfad entlangliefen. „Sie trugen eine Art von Sänfte, eine hölzerne Trage mit Barren dran. Darauf stand ein steinerner Zylinder, vielleicht etwas grösser als eine Blumenvase, und dieser Zylinder hatte Schriftzeichen darauf, ich konnte das alles gut sehen, denn sie liefen gleich an meiner Hütte vorbei. Ich glaube sie haben nicht bemerkt, dass ich dort drin war, oder es war ihnen egal."

Wir erreichten eine kleine Esplanade im Wald, Lichtung wäre zu viel gesagt, denn es drang kaum Sonnenlicht hier herein, die Baumwipfel türmten sich rund um uns herum.

Der Förster fuhr fort: „Ich lief diesen Leuten aus einer sicheren Entfernung nach, denn sie waren mir nicht ganz geheuer. Es war nicht das erste Mal, dass ich kleine Gruppen seltsamer Leute hier in der Gegend beobachtet habe. Oder vielleicht waren es immer dieselben."

„Tatsächlich?", fragte ich, „sie haben das öfter erlebt?"

„Nicht das, was an diesem Tag geschah. Die anderen Male sah ich auch kleine Menschengruppen, ich dachte das seien vielleicht irgendwelche Naturisten oder dergleichen, die irgendwelche unsinnigen Zeremonien im Wald machen wollten. Seis drum, solange sie den Wald nicht kaputt machen. Aber diese Leute hier gaben sofort einen schlechten Eindruck. Ich weiss nicht, was es an diesem Ort ist, dass immerzu solche Gestalten anzieht.

Was dieses Mal auch so seltsam erschien, war, dass diese Leute in den Wald gingen, ich sie aber nie mehr zurückkehren sah. Nun mag es sein, dass sie einen anderen Weg zurückgenommen haben, aber die anderen Wege sind ziemlich uneben, und diese Leute waren nicht sehr sportlich bekleidet, soweit ich das einschätzen konnte, und recht schwer beladen."

Während der alte Mann mir all dies erklärte, sah ich mich an diesem Ort um, konnte aber kaum noch ein Anzeichen für irgendetwas dessen finden, was zuvor beschrieben worden war. Bloss neben einem grossen Felsen fand ich einige Zweige, die zusammengebunden waren in einer Form, die vage an ein Dreieck erinnerte. Es war gut möglich, dass sie zum Symbol des durchgestrichenen Dreiecks gestaltet worden waren, und anschliessend willentlich oder unwillentlich kaputt gemacht wurden.

Vom steinernen Zylinder fehlte jede Spur, oder zumindest meine ich das anfangs, bis ich begann auf steinerne Brocken auf dem Boden aufmerksam zu werden, von welchem immerzu eine Seite ungewöhnlich glatt war. Ich hob einen der grösseren Brocken auf und erkannte, dass die flache Seite gewölbt war in der Art, als ob es Teil einer Zylinderform hätte sein können. Die flache Seite war stark zerkratzt, doch nachdem ich etwas Wasser drauf geträufelt hatte, wurden Zeichen sichtbar, die darin gemeisselt worden waren, durch die vielen Kratzer aber kaum noch zu erkennen waren.

Ich begann die vielen Steinstücke, welche ich als einstmalige Teile des Zylinders identifizierte, unter dem argwöhnischen Blick des Försters zusammenzutragen, als ich plötzlich ein fernes Grollen hörte. Dunkle Wolken zogen auf, und der Donner warnte bereits vor einem baldigen Gewitter. Es dauerte nicht lange, da spürte ich die ersten Regentropfen.

Ich nahm alle Steinstücke, die ich hatte finden können, und folgte der Anweisung des Försters, uns auf den Weg zurück zu machen. Der Regen holte uns aber bald ein, und er bot mir notgedrungen an, in seiner Hütte Schutz zu suchen, denn zu gefährlich wäre bei solchem Unwetter der Abstieg aus diesem Wald zurück ins Dorf gewesen.

Das Unwetter wurde zu einem mächtigen Gewitter, und an vielen Stellen der schäbigen kleinen Hütte des Försters tropfte es hinein. Er stellte Eimer und Töpfe auf, um das Wasser aufzufangen. Die Einrichtung dieses Ortes entsprach dem äusseren Erscheinungsbild: ungepflegt, eklektisch und verkommen. Ich nahm auf einem alten Stuhl, dessen Polster völlig abgesessen war, Platz und starrte aus dem Fenster. Es gab kein elektrisches Licht, nur einige Kerzen spendeten licht.

Auf den Fenstersims gelehnt starrte ich wie hypnotisiert in den strömenden Regen hinaus. Immer und immer wieder liessen Blitze den dunklen Wald kurzzeitig aufleuchten. Plötzlich meinte ich, in der Ferne, etwa aus der Richtung, wo wir zuvor gewesen waren, ein Glühen zu erkennen, ein weisses Licht zwischen den Bäumen. Anfangs dachte ich, es sei womöglich nur der Schein des Mondes, doch es wurde alsbald heller, es näherte sich.

Eine leuchtende Erscheinung zog durch den Wald, wie ich inzwischen erkennen konnte, die Quelle dieses Lichtes bewegte sich zwischen den Bäumen hindurch, bis sie schliesslich in unmittelbarer Nähe war. Ich sah ein seltsames Wesen, nicht wirklich materiell, sondern mehr eine spektrale Erscheinung, aber mit klar definierten Zügen, als wäre sie aus leuchtendem Glas gemacht. Es war vielleicht etwas grösser als ein Mensch und besass eine Form, die an eine Qualle erinnerte, mit einem ovalen Körper, aus welchem mehrere Arme herabhingen, die verdreht und verzerrt waren. Im Inneren des Körpers, dessen Äusseres in einem weiss-bläulichen Licht strahlte, meinte ich ein rötliches Inneres zu sehen, einem inneren Organ ähnlich. Dieses Wesen, welches eine seltsame Eleganz auf mich ausstrahlte, schwebte lautlos an der Försterhütte vorbei und verschwand nach kurzer Zeit wieder in die Nacht.

Der laute, unfreiwillige Angstschrei des Försters liess mich fast zu Tode erschrecken. Vom Licht angezogen, hatte er sich unbemerkt über mich zum Fenster hin gelehnt und ebenfalls diese unwirkliche Kreatur erblickt. Doch im Gegensatz zur Faszination, die sie in mir ausgelöst hatte, empfand der Förster bei dessen Anblick nur das reinste Grauen.

Er fiel rückwärts zu Boden und rief nur: „Sacre bleu! Was war das?"

Ich schaute ihn an und zuckte nur mit den Schultern. Dann richtete ich meinen Blick wieder nach draussen, doch es traten keinerlei solcher seltsamen Erscheinungen mehr auf. Das Rauschen des Regens blieb, aber selbst die Blitze hatten aufgehört.

Im Licht einer Kerze nahm ich derweil die Steinstücke in Augenschein, welche ich zuvor gesammelt hatte. Ich konnte einige wenige zusammenfügen, um einen kleinen Ausschnitt des einstigen steinernen Zylinders wiederherzustellen. Erstaunlich war, wie perfekt die Teile zusammenpassten, wenn ich sie aneinanderfügte, als wäre der steinerne Zylinder sauber zerschmettert worden.

Die Zeichen auf der gewölbten Seite waren schwer zu erkennen, doch wenn ich ein Papier darüber schraffierte, waren sie in etwa auszumachen. Nach und nach zeichnete ich in meinen Notizblock alle Symbole ab, die ich erkennen konnte. Es war eine seltsame Schrift, mit vielen einfachen geometrischen Formen, Vierecke, Dreiecke oder nur Linien, manche mit kleineren Linien oder Punkten ausgemalt, andere zu Sternen oder Gerippen geformt.

Tatsächlich erinnerten mich diese Zeichen, so widersinnig dies auch schien, an sumerische Keilschrift. Doch ob dies tatsächlich so sein könnte, überstieg bei weitem meine Kenntnisse. Ich musste mich an jemanden wenden, der mir genaueres darüber erklären könnte, und ich wusste auch schon, an wen.

3

Die Antwort, die ich auf meinen Brief erhielt, kam per Fax und hielt sich kurz: Darin informierte mich die Assistentin von Professor Spaulding, dass er sich umgehend mit dem erstmöglichen Flieger in die Schweiz aufgemacht hatte. Spaulding war Professor Emeritus für semitische Sprachen an der Miskatonic Universität in Arkham, und womöglich die einzige Person, von der ich Kenntnis hatte, welche sich mit sumerischer Keilschrift gut genug auskennen könnte, um aus diesen wenigen Stücken einen Sinn zu stiften.

Ich hatte eine vorsichtige Nachzeichnung der Symbole, die ich hatte identifizieren können, meinem Brief beigelegt, und diese war wohl derart erstaunlich, dass Spaulding alles hatte stehen und liegen lassen, um sich diesem Fund zu widmen. Ich sollte ihn am nächsten Tag am Flughafen von Zürich treffen.

Professor Spaulding war erstaunlich jung für einen emeritierten Professor, wohl kaum über fünfzig Jahre alt, und sein Erscheinungsbild war, fernab von den sonst oftmals einsiedlerischen, zerzausten Forschern arkaner Kulturen, ansehnlich und gepflegt, sogar sein Anzug sass auch nach dem langen Flug wie angegossen. Bloss die Brille mit den dicken Gläsern in einer feinen Metallmontur gaben ein subtiles Anzeichen darauf, dass dieser Herr trotz seiner sorgfältig kultivierten Erscheinung im Grunde tatsächlich ein Mann des Lernens war.

Ich hatte Spaulding zuvor bei einem Kongress in Paris im Jahre 1992 gekannt, wo die Restaurierungen einiger akkadischer Schrifttafeln zusammen mit ihren Interpretationen präsentiert wurden. Spaulding fiel vor allem wegen seiner ausschweifenden Ausführungen über die sumerischen Mythen und Götzenverehrungen auf, welche er meinte, mit den Ritualen einiger wenig bekannter okkultistischer Gruppierungen des 19. Jahrhunderts in Verbindung bringen zu können.

Ich sass bei diesem Anlass lediglich im Publikum und so wusste er nicht, wen er bei seiner Ankunft überhaupt aufsuchen sollte, ich hingegen erkannte den Gelehrten sofort. Seiner Erschöpfung zum Trotz bat er mich, noch an diesem Tag die Steine in Augenschein nehmen zu dürfen, von welchen ich ihm die Zeichnungen gezeigt hatte. Über die Bedeutung dieser Schriftzeichen hielt er sich zurück bis er, so sagte er, die tatsächlichen Meisselungen gesehen hätte.

Als er die Stücke schliesslich in dem kleinen Zimmer der Universität Thurikon, wo ich sie gut verschlossen aufbewahrte, in die Hände bekam, schien er fast schon enttäuscht zu sein.

„Aber das ist ja…", begann er, „das sind gar keine antiken Tafeln."

„Das habe ich ja auch nie behauptet", sagte ich mit einem unbehaglichen Schmunzeln im Gesicht.

„Diese ganze Zeit hatte ich angenommen, dass sie auf ein bisher unbekanntes historisches Artefakt gestossen seien", sagte Professor Spaulding ernüchtert.

„Es tut mir wirklich leid für das Missverständnis", sagte ich, „aber es ist doch umso seltsamer, dass jemand in modernen Zeiten diese Zeichen in eine steinerne Stele meisseln würde, finden sie nicht?"

„Nun ja, so gesehen…"

„Ich bräuchte trotzdem ihre Hilfe in der Deutung dieser Zeichen. Ich habe leider nur wenige Bruchstücke bergen können, nach der Beschreibung des Försters wäre das Artefakt etwa einen halben Meter hoch gewesen, und vielleicht mit zwei Handbreit Durchmesser. Diese Stücke kommen bestenfalls auf ein Viertel des Ganzen, wenn nicht weniger."

Professor Spaulding betrachtete die Meisselungen auf den Steinen und verglich sie immer wieder mit meinen Zeichnungen.

„Das hier, *inim gi-na-ni-ta*, heisst ‚durch seinen Befehl'; und hier *be-ra ki-ba na be-ru*, ‚hat eine Stele erschaffen'."

„Wissen sie, wer gemeint ist?", fragte ich. Spaulding schaute über die verschiedenen Steine.

„Der Teil scheint leider zu fehlen. Aber hier, *Nibiru*. Und hier erneut *Nibiru*. Sehr wunderlich."

„Was bedeutet ‚*Nibiru*'"? fragte ich.

„Darüber könnte man ein ganzes Buch schreiben", antwortete Spaulding.

„Gibt es auch eine kondensierte Version?", fragte ich.

„Das Wort ‚*Nibiru*' bedeutet so viel wie ‚Überquerung', oder auch ‚Übergang', ‚Pforte', es kann von einer Flussüberquerung bis hin zu einem Tor beschreiben. Aber es hat auch eine kosmologische Bedeutung, es bezieht sich auf einen Himmelskörper, der mit der Sonnenwende in Verbindung steht. Es ist der Stern des Marduk, des obersten Gottes der Sumerer, und *Nibiru* ist auch der Titel für denjenigen, der den primordialen Ozean überquert."

„Sie haben nicht übertrieben, als sie sagten, da könne man ein Buch darüber schreiben."

„Eben, eben", sagte Spaulding schmunzelnd. „Bei den Sumerern ist es immer so eine Sache, was uns als sehr abstrakte Konzepte erscheinen, wie eben ein primordialer Ozean, ein Urschleim, wenn sie so wollen, hat zugleich anthropomorphische Züge."

„Wie auch dieser *Nibiru*", fügte ich unter dem Nicken Spauldings hinzu. „Ist damit ein konkreter Himmelskörper gemeint?"

„Es gibt verschiedene Thesen, keine die wirklich eine abschliessende Antwort gibt. Nach manchen Forschungen wäre der Planet Saturn gemeint, andere deuten gar auf einen anderen, uns gänzlich unbekannten Himmelskörper."

„Ein unbekannter Himmelskörper, sagen sie… warten sie doch bitte einen Augenblick hier, ich komme sofort wieder."

Mit aller Hast verliess ich das kleine Zimmer und lief den im orangenen Licht der Abenddämmerung gebadeten Gang hinunter zur Bibliothek. Ich wusste nicht genau, welches Datum die Zeitungsausgabe hatte, welche ich gelesen hatte, es war ein Faksimile einer Ausgabe aus den siebziger Jahren, doch mit etwas Glück befand sie sich noch immer am Empfang und war noch nicht wieder einsortiert worden.

Ich sprang hinter den Empfangstresen, wo ein kleiner Rollwagen mit Büchern stand, welche man zurückgebracht hatte und auf ihre erneute Sortierung warteten. Tatsächlich befand sich dort auch noch immer der Sammelband mit den Faksimiles von „Der Bote von Thurikon" des ersten Quartals 1973.

Während ich den Weg zurück lief, blätterte ich darin, bis ich den Artikel fand, an den ich mich erinnert hatte. Eigentlich hatte ich darin ein Interview mit einem einstmaligen Mitglied der „Gemeinschaft der transcendentalen Spiritisten" gelesen (aus welchem ich keinerlei bedeutsame Erkenntnisse schöpfen konnte), wobei mein Blick auf eine kurze Kolumne bei den Kurznachrichten fiel, welche ich sogleich Professor Spaulding unterbreitete.

Sternforscher verkündet bahnbrechende Entdeckung

Hubertus Schmittbaur, Sternforscher an der Universität Thurikon, verkündete gestern in einem öffentlichen Vortrag, die Resultate einer langjährigen Forschung, welche auf einen zehnten Planeten unseres Sonnensystems deuten würden. „Es ist schwer zu sagen, ob man tatsächlich davon sprechen kann, dass dieser Planet zu unserem Sonnensystem gehört, da seine Laufbahn derart elliptisch ist, dass er zumal eine Position erreicht, die vergleichbar mit der des Saturn wäre, mal aber eine Distanz von unserer Sonne erreicht, die ein Mehrfaches derer des Pluto entspricht", so Schmittbaur. Es sei auch diese ungewöhnliche Umlaufbahn, welche seine Berechnungen massgeblich erschwert hätten.

Schmittbaur erklärte, dieser Entdeckung hätte die Analyse antiker sumerischer Texte zu Grunde gelegen, welche sich zum Teil auf Himmelskörper beziehen, welche bis zum heutigen Tage nicht eindeutig identifiziert werden konnten. Sein Ansatz war es, unter Verwendung unterschiedlicher Modelle die Konstellationen des Firmamentes zu den Zeiten dieser Texte nachzuvollziehen und auf die heutige Zeit zu extrapolieren. Der Knackpunkt, meinte Schmittbaur, war seine Verwendung wenig orthodoxer Modelle der planetarischen Umlaufbahnen, die andere Astronomen nicht in Betracht gezogen hätten, welchen die Leitung der Universität Thurikon hingegen im Sinne ‚aufgeklärter Aufgeschlossenheit' nicht vollends abgeneigt gewesen sei.

Schmittbaur hat bisher seine Forschungen im bescheidenen Rahmen der Fakultät für Astronomie der Universität Thurikon durchgeführt, hofft

ABER ANDERE WISSENSCHAFTLER VON ANGESEHENEN INSTITUTIONEN FÜR DIESE
FORSCHUNG ANWERBEN ZU KÖNNEN.

Spauldings Augen weiteten sich, während er den Text las.

„Erstaunlich" sagte er, als er fertiggelesen hatte, „ich hatte noch nie
von diesen Entdeckungen Schmittbaurs gehört."

„Das ist nicht verwunderlich", sagte ich, „nur wenige Tage später
kam von der ETH eine Meldung, wonach sie die Forschungen Schmittbaurs begutachtet und als durch und durch fehlerhaft verworfen hatten. Das interessante daran ist, diese Meldung erschien am selben Tag
in der Presse, an welchem Schmittbaur überhaupt erst den vollständigen Bericht seiner Forschungen veröffentlichte. Sie konnten also gar
nichts davon geprüft haben, den Bericht haben sie schon am Tag vorher an die Presse geschickt, damit er am gleichen Tag publiziert und
Schmittbaurs Bericht überschatten würde. Danach folgte eine ziemlich
erbärmliche Rufmordkampagne mehrerer grosser Zeitungen, die
Schmittbaur als provinzlerischen Hobbyastronom mit übergrossem
Geltungsdrang zeichneten.

Hier in Thurikon wurde gemunkelt, man habe Schmittbaurs Entdeckung mit aller Kraft unterdrücken wollen, aus welchem Grund auch
immer. Vielleicht war aber nur das Ego der grossen Akademiker angeschlagen, weil ein Aussenseiter sie vorgeführt hatte.

Schmittbaur hat eine Zeit lang versucht sich zu wehren, aber auch
die Universität nahm ihn nur halbherzig in Schutz, als man begann,
wegen ihm die ganze Universität zu schmähen. Er zog sich schliesslich
aus dem Feld der Astronomie zurück und wanderte irgendwann sogar
aus, angeblich nach Spanien. Man hat nie wieder von ihm gehört und
diese ganze Geschichte ging dann in kürzester Zeit unter."

„Ich weiss, es ist ein rechter Exkurs von dem, womit wir uns eigentlich beschäftigten, aber wissen sie vielleicht, ob die Forschungen
Schmittbaurs hier an der Universität noch erhalten sind?", fragte
Spaulding. „Ich würde gerne einen Blick darauf werfen. Ich habe mich
vor langer Zeit mit dem Thema des *Nibiru* beschäftigt, und den ver-

schiedenen astronomischen Thesen dazu, und liess die Sache eigentlich nur deshalb beiseite, weil sie immerzu unschlüssig war."

„Das müssten wir den Archivar der Universität fragen, Herr Sammartini", antwortete ich. „Heute ist keiner mehr hier, aber treffen wir uns doch morgen früh nochmals, dann fragen wir das nach."

4

Herr Sammartini war ein exzentrischer alter Italiener, der seit eh und je als Kurator des Archivs der Universität Thurikon tätig war. Er war ein alter Grantler von kleiner Statur, sehr abgemagert, und sein faltiges Gesicht wurde von einer langen Nase und einem spitzen Kinn beschmückt. Er war wohl aufgrund seines hohen Alters schwerhörig, und man musste ihn fast anschreien, dass er einen verstünde. Der unscheinbare alte Mann war allerdings eine Art wandelnde Enzyklopädie über die Bestände des Archivs, und er wusste immer was dort aufbewahrt wurde und wo.

„Eh?!", rief er laut, als ich nach den Aufzeichnungen von Schmittbaur fragte. Ich sagte es erneut mit lauterer Stimme.

„Der *dottore* Schmittbauer sage sie?", fragte Sammartini, „*il astronomo* von vor viele Jahre?"

„Ja doch", rief ich, „stimmt damit etwas nicht?"

„*Questo è inredibile*", sagte Sammartini und warf die Hände in die Höhe, „habe ich Papiere von Schmittbaur seit viele Jahre, habe ich noch gekannt Schmittbaur als ich war junge Mann und habe geschleppt die Kisten in die Keller, und seit hundert Jahre niemand will wissen von Schmittbaur, alles verstaubt in Archiv. Und jetzt in wenige Tage komme Leute und wollen alle wissen von Schmittbaur. È *ridicolo*. Habe jetzt nicht da die Mappe, ist schon ausgeliehen."

„Ausgeliehen?", fragte ich ungläubig, „seit wann denn, und an wen?"

Sammartini holte ein kleines Karteikästchen hinter seinem Tresen hervor und begann darin zu blättern, bis er das gesuchte Kärtchen fand.

„War eine junge Mann namens Markus Waldmann. Hat aber gesagt wäre nicht für ihn, er sei nur Laufbursche für jemand anders", erklärte Sammartini.

„Hat dieser Markus Waldmann vielleicht eine Adresse oder Telefonnummer hinterlegt?", fragte ich.

„Hat er, brauche ich ja immer Kontaktdaten, wenn Dokumente werden ausgeliehen", antwortete Herr Sammartini und las vom selben Kärtchen eine Adresse in der Irchelstrasse in Winterthur ab. Spaulding und ich warteten nicht lange und machten uns sogleich auf zur Thurtalbahn um diesen Markus Waldmann aufzusuchen, denn wir ahnten nichts Gutes.

Die Irchelstrasse fanden wir in einem unscheinbaren Wohnquartier etwas ausserhalb von Winterthur, und auch das Haus von Waldmann war prompt gefunden. Nach kurzem Anklopfen öffnete sich die Tür und ein schlaksiger junger Mann stand vor uns.

Ich fragte, ob er Markus Waldmann sei, was er bejahte, und ich erkundigte mich sogleich nach den Unterlagen, die er von der Universität Thurikon geborgt hatte. Waldmann war freizügig mit seinen Auskünften, was mich darauf schliessen liess, dass er wenig Bezug, wenn überhaupt, zu den okkultistischen Absichten seines Auftraggebers hatte.

Tatsächlich war seine Funktion, so erklärte er, lediglich die eines Laufjungen gewesen. In der Bibliothek der Universität Zürich, wo er Student war, sei er mit einem Herrn ins Gespräch gekommen, der ihm schliesslich gutes Geld anbot, den Botengang nach Thurikon für ihn zu unternehmen. Als Student wäre es natürlich töricht gewesen, dieses Angebot abzuschlagen.

Ich hakte weiter nach, was er über diesen Auftraggeber wisse, was allerdings nicht viel war: Er kannte ihn nur als einen Herr Herschel, der sich als Interessierter antiker Geschichte ausgab. Die Papiere von Schmittbaur habe er ihm an einem Treffpunkt in Zürich übergeben. Diesen beschrieb er mir in der Germaniastrasse von Zürich, unweit der Seilbahnstation, wo es in einer der Villen ein Antiquariatsgeschäft gab.

In dieses sah er Herrn Herschel nach Ablieferung der Dokumente verschwinden.

Wir machten uns sogleich auf den Weg nach Zürich, wo uns die kleine Seilbahn auf den alteingesessenen Germaniahügel brachte. Den Anweisungen Waldmanns folgend liessen wir das Denkmal des Georg Büchner hinter uns und liefen ein Stück weiter die Germaniastrasse entlang bis zur Wegbiegung. Tatsächlich fanden wir in einer alten Villa, welche von diesem privilegierten Ort aus den Blick über die ganze Stadt genoss, ein diskret eingerichtetes Antiquariatsgeschäft. Bloss ein kleines Schild neben der Tür wies auf den Antiquar A. Herschel hin.

Weder das Hängeschild, auf welchem „geschlossen" zu lesen war, noch die abgeschlossene Tür sollten uns davon abhalten, einen Blick in dieses ominöse Etablissement zu werfen. Neben der Tür führte eine Treppe auf die Terrasse, welche die Villa umringte. Ich sprang kurzerhand über die kleine Gittertür, welche ebenfalls abgeschlossen war, und schlich über die Terrasse auf die andere Seite des Hauses. Auch im Obergeschoss, welches scheinbar als Wohnung verwendet wurde, womöglich für Herrn Herschel selber, gab es kein Zeichen, dass jemand da sei.

Auf der Hinterseite führte eine weitere Treppe wieder auf das Untergeschoss, wo sich schräg auf dem Hang ein kleiner Garten befand. Ich fand hier ein Fenster, durch welches ich das Antiquariat sehen konnte. Dieses machte eher den Eindruck eines Lagerhauses, überall stapelten sich Bücher, Malereien und Dekorationsgegenstände, und eine eklektische Mischung alter Möbel war über den Raum verteilt. Da das Fenster nicht richtig abgeschlossen war, konnte ich es ohne grössere Schwierigkeiten öffnen. Ich lehnte mich hinter dem Haus hervor und winkte Spaulding zu, dass er mir folgen sollte, woraufhin er zögerlich den gleichen Weg bis hierher nahm.

Vorsichtig stiegen wir durch das Fenster ein und sahen uns in diesem seltsamen Lokal um. Eine dünne Staubschicht lag überall auf, was daraufhin deutete, dass der Ort schon einige Tage nicht betreten worden war. Das meiste, was hier herumlag, schien nicht sonderlich interessant zu sein, doch Spaulding fiel ein Buch auf, welches auf dem Schreibtisch lag, welcher wohl betrieblich genutzt wurde.

„Sehen sie mal, dieses Buch, das ist ja unglaublich", sagte er und zerrte mich an meinem Ärmel. Ich suchte einen Weg zwischen der Unordnung um den Schreibtisch herum bis zu ihm hinüber. Mit zwei Fingern, als wollte er es nicht beschädigen, schloss er das Buch, das auf dem Tisch lag. Es war ein dunkelgrüner einband, auf welchem in kleinen goldenen Buchstaben zu lesen war: *Compendium Cosmologiae Accadium*.

„Es stimmt auf jeden Fall, dass dieser Mann sich für die akkadische Kosmologie interessierte", sagte ich.

„Sie verstehen nicht, dieses Buch galt lange Zeit als verschollen, es ist sozusagen der heilige Gral im Studium der akkadischen Kosmologie", sagte Spaulding erregt, „es könnte unser ganzes Verständnis der mesopotamischen Kultur verändern, womöglich sogar unsere Vorstellung über die Metaphysik selber."

„Metaphysik?", fragte ich, „was ist da der Bezug?"

Spaulding wendete plötzlich seinen Blick ab, als fühlte er sich von mir ertappt. Er hatte wohl mehr gesagt, als ihm bequemlich war.

„Nun… die Sache ist…", stammelte er.

„Was haben sie mir vorenthalten?", fragte ich mit aufkommender Irritation.

„Nicht vorenthalten, nein", sagte Spaulding und schaute mich nun mit penetrantem Blick wieder an, „es ist nur dass dieses Thema von den meisten Leuten nicht verstanden wird, sie würden es als wirre Theorien abtun. Bei den Studien der alten Sumerer und Akkadier, gemeinsam mit einem kleinen Kreis Gleichgesinnter, haben wir immerzu seltsame Beschreibungen entdeckt, das sind Texte, welche wir nicht als religiöse Erzählungen einordnen konnten, welche von einer alten Zivilisation sprechen, eine Zivilisation hunderttausende Jahre alt, womöglich älter als der Homo Sapiens selbst. Die Texte waren aber unvollständig, sie erwähnten immerzu den *Nibiru* als eine Art kosmische Verbindung zwischen der Heimat dieser alten Zivilisation und den Bewohnern Mesopotamiens.

Es ist schwer zu erklären, weil so viele Fragen offen sind, sie müssten die Textfragmente lesen, um anzufangen, einen Sinn daraus zu stiften. Doch im Grunde heisst es, diese Zivilisation sei mit den Akkadiern in direktem Kontakt gewesen, womöglich über eine Art von telepathischer Verbindung oder gar eines metaphysischen Portals. Wir fanden Erwähnungen aus dem frühen Mittelalter, die sich auf das *Compendium Cosmologiae Accadium* beziehen, welches als Quelle für diese Begebenheiten diente. Wir haben Zitate aus dem *Compendium* finden können, aber nie einen vollständigen Band."

„Und als ich ihnen von diesem steinernen Zylinder erzählte, dachten sie das wäre ein weiterer Hinweis, deshalb kamen sie so schnell hierher", sagte ich.

„Einige der Zeichenfolgen, die sie beschrieben haben, hatte ich bisher nur in wichtigen kosmologischen Traktaten gesehen. Ich denke noch immer, dass sich etwas Bedeutsames dahinter verbirgt, wenn wir nur das komplette Artefakt hätten. Nehmen sie mir meine Unehrlichkeit nicht übel, dieses Thema wird ja nicht ernst genommen, ich ging davon aus, dass es bei ihnen nicht anders wäre."

Die Bedenken Spauldings waren durchaus nachvollziehbar, doch dieses Thema bewirkte in mir gerade das Gegenteil, nämlich eine enorme Neugier darüber, was sich tatsächlich hinter diesen Thesen verbergen könnte. Ich wollte gerade darauf eingehen, als eine Stimme aus dem Haus plötzlich zu hören war, es war die Stimme einer alten Frau: „Athanasius, bist du es?", rief sie.

Ich erschrak, die ganze Zeit hatte ich gedacht, das Haus sei unbewohnt, doch nun schien es, jemand war doch hier. Konnte womöglich dieser Athanasius derselbe „A. Herschel" sein? Spaulding und ich tauschten kurz Blicke aus, im Zweifel, ob wir uns aus dem Staub machen oder nach dieser Person schauen sollten.

„Athanasius komm doch hierher", rief die Stimme erneut. Sie klang schwach und wehleidig. Die Vernunft hätte zwar vorgeschrieben, nach diesem Einbruch wieder zu verschwinden, doch irgendetwas an dieser Stimme löste ein gewisses Mitleid in mir aus, weshalb wir uns schliesslich dafür entschieden, nach dieser Person zu schauen.

Ich lief langsam die Treppe hinauf, Spaulding hinter mir. Die Treppe führte direkt in ein nobel aber altmodisch eingerichtetes Wohnzimmer, welches so perfekt eingerichtet und aufgeräumt war, dass es den Eindruck machte, dass hier gar niemand wohne. Durch die grossen Fenster war ein prächtiger Ausblick über die Stadt möglich.

Erneut war die Stimme der alten Dame zu hören: „Kommst du denn, Athanasius?" Die Stimme kam aus dem Esszimmer nebenan. Als ich durch die Tür blickte, sah ich eine alte Frau in einem Rollstuhl. Sie war sehr kleinwüchsig, wohl des Alters wegen eingeschrumpft, hatte dünnes, krauses Haar und trug eine karierte Decke über den Beinen. Sie schien mich nicht bemerkt zu haben, und ich näherte mich ihr vorsichtig.

„Bist du es, Athanasius?", fragte sie erneut. Als sie den Kopf hob, sah ich ihr faltiges Gesicht und ihre Augen, welche himmelblau getrübt waren. Sie war völlig blind.

„Ich bin nicht Athanasius", sagte ich nur.

„Wer sind sie?", fragte die Dame, „wo ist mein Athanasius?"

„Athanasius ist nicht da", sagte ich, „ich selbst habe ihn gesucht."

„Athanasius ist schon so lange weg", sagte die Dame betrübt und senkte den Kopf, „länger als er sonst weg war."

„Ist Athanasius ihr Sohn?", fragte ich.

„Nein, mein Grossneffe", sagte die Dame, „er hilft mir, weil ich nicht mehr so gut zu Wege bin."

Nicht mehr gut zu Wege war regelrecht untertrieben, die arme Frau war blind und lahm.

„Wissen sie, wo Athanasius hin ist?", fragte ich.

Sie zögerte eine Weile und sagte dann: „Er wird nicht wiederkommen."

„Woher wissen sie das?"

„Ich habe ihm gesagt, er solle es nicht tun. Aber er hörte nicht auf. Nun ist er fort, ferner als jemals ein Mensch sein könnte", sprach die alte Frau.

„Was haben sie ihm gesagt, was er nicht machen sollte?", hakte ich nach. Nun plötzlich hörte die Dame auf, sich zu bewegen. Sie schien plötzlich, als wäre sie eingefroren, dann drehte sie den Kopf dann langsam zu mir. Sie schien mich mit ihren getrübten, blinden Augen anzuschauen, obgleich ich wusste, dass sie mich unmöglich hätte sehen können. Ihre Stimme veränderte sich, sie wurde ernster und weniger zittrig.

„Ich sagte ihm, er solle den *Nibiru* nicht beschreiten. Niemand ist jemals zurückgekehrt", sagte sie.

Ich war bestürzt von diesen Worten, ebenso Spaulding, der von der Tür zum Esszimmer aus diese unwirklichen Konversation mitverfolgte.

„Was meinen sie damit, den *Nibiru* nicht beschreiten?", fragte ich.

„Machen sie nicht den gleichen Fehler, den er gemacht hat", kam die kryptische Antwort.

„Aber was ist es denn, was er gemacht hat?", fragte ich erneut nach. Wieder veränderte sich die Miene der alten Frau, sie benahm sich nun wie zuvor, wackelte mit dem Kopf hin und her und schaute mit ihren blinden Augen in die Leere.

„Athanasius wird nicht mehr wiederkommen. Das macht mich traurig", sagte sie, „aber der Pfleger kommt gleich. Er kommt immer pünktlich."

Ich tauschte mit Spaulding einen Blick aus, er schüttelte den Kopf. Es war schwer auszumachen, ob diese Dame wohl nicht mehr recht zurechnungsfähig war, ob sie uns auf den Arm nehmen wollte, oder ob sie auf ihre eigenwillige Weise etwas mitteilen wollte, ohne genau zu wissen wie.

„Leben sie wohl", sagte ich schliesslich.

Als ich bereits aus dem Zimmer war, hörte ich sie noch sagen: „Die Papiere, die sie suchen sind in der Schublade des Schreibtisches. Mein Athanasius ist kein Dieb. Bringen sie sie zurück." Konnte es sein, dass sie die Papiere Schmittbaurs meinte?

Wir liefen überstürzt wieder hinunter in das Antiquariat und ich riss die oberste Schublade des Schreibtisches auf. Tatsächlich lag sie da, eine vergilbte alte Mappe mit der Aufschrift „Forschungen des Hubertus Schmittbaur, 1967 – 1973".

Während wir das ersehnte Dokument betrachteten, war von oben zu hören, wie jemand in die Wohnung hineinkam.

„Guten Tag Frau Herschel, na wie geht es uns heute so?", war die Stimme eines jungen Mannes zu hören. Der Pfleger, nahm ich an. So lautlos wie wir nur konnten verliessen wir das Haus wieder durch das gleiche Fenster, durch das wir hineingekommen waren, und nahmen sowohl das *Compendium* wie auch die Forschungen von Schmittbaur mit uns.

5

An diesem Abend liess ich Spaulding in der Bibliothek der Universität Thurikon zurück, wo er unaufhörlich über dem *Compendium Cosmologiae Accadium* brütete, und immer wieder Vermerke in seinem Notizblock machte, während ich derweil Professor Scharwenka aufsuchte, den ansässigen Astronomen der Universität Thurikon. Mit den Dokumenten Schmittbaurs hatte ich wenig anfangen können, darin standen endlose Rechnungen, Tabellen und Graphiken, von welchen ich wenig verstand, doch ich hoffte dass ein studierter Astronom einen Sinn daraus stiften könnte.

Scharwenka war ein sehr korpulenter Mann, nicht sehr gross gewachsen, mit dünnem Haar und einem dicken Schnurrbart. Er trug zumeist einen altmodischen Dreiteiler, aus welchem er, so schien es, in jedem Moment zu platzen drohte. Ich fand ihm auf dem Dach des Universitätsgebäudes wieder, wo er sich sein improvisiertes Observatorium hatte basteln lassen, welches im Grunde nur ein hölzerner Schuppen war, worin das Teleskop sowie einige andere Instrumente abgelegt waren. Als ich ihn ersuchte schaute Scharwenka selber durch das Teleskop in den Nachthimmel.

„Was wollen sie von mir?", sagte Scharwenka barsch und ohne den Blick von seinem Teleskop zu erheben, noch bevor ich ihn hatte grüssen können.

„Verzeihung, ich wollte sie um einen Rat bitten, es geht um einige Studien", stammelte ich. Scharwenka wandte den Blick vom Okular ab und notierte etwas auf einem zerknitterten Zettel. Dann trat er zu mir hinüber und riss mir geradezu die Schmittbaur-Mappe aus den Händen. Er schaute sie erst mit zusammengekniffenen Augen an, dann wandelte sich sein Ausdruck in einen von Ehrfurcht.

„Schmittbaur?", fragte er ungläubig, „ist das ihr Ernst?"

„Ich weiss, der Mann ist etwas in Ungnade gefallen, aber…"

„Ungnade, das ist milde ausgedrückt", unterbrach mich Scharwenka, „geächtet wurde er, ein regelrechter Paria. Das ist das Einzige, was
ich je über ihn mitbekommen habe."

„Könnten sie sich trotzdem mal diese Aufzeichnungen anschauen?",
fragte ich. Scharwenka lächelte verschmitzt aus dem Mundwinkel.

„Wissen sie, ich habe mich nie wirklich mit Schmittbaur auseinan-
dergesetzt, aber trotzdem tendiere ich dazu, all das, was man je über
ihn geschimpft hat, in den Wind zu schlagen, wenn auch nur aus Kol-
legialität. Er war schliesslich mein Vorgänger in unserer bescheidenen
Fakultät für Astronomie."

Scharwenka setzte sich auf einen Sims und begann den Inhalt der
Mappe zu betrachten. Anfangs blätterte er zügig weiter, doch nach
und nach schaute er mit grösserer Verwunderung auf die Papiere. Bei
einigen Seiten verharrte er gar Minutenlang.

„Ich müsste dann–", begann ich, doch Scharwenka hob die Hand
um mich um Ruhe zu bitten.

Nach einer Weile kam er schliesslich zu Wort: „Das ist wirklich faszinierend, ich bin völlig überwältigt."

„Wie das?", fragte ich. Nun legte Scharwenka die Mappe beiseite.

„Schmittbaur rechnet mithilfe der Abweichungen der planetarischen Umlaufbahnen einen völlig unbekannten Himmelskörper her-
bei, wobei dessen Grösse und Position, von welchen er ausgeht, exakt
zu diesen Abweichungen der Umlaufbahnen passt."

„Was ist daran so überwältigend?"

„Aus einer einzelnen Abweichung der Umlaufbahn eines Himmels-
körpers allein kann man nichts genaues schliessen, es könnte ein grosser Körper in weiter Ferne sein, oder ein kleinerer der näher dran ist.
Wir verwenden diese Rechnungen, um die Grösse, Position oder Umlaufbahn zuvor bereits identifizierter Sterne oder Planeten zu errech-
nen. Nur aus einer Reihe solcher Abweichungen einen ganzen Planeten zu erahnen, mit Masse und Umlaufbahn, das ist vollkommen undenkbar, oder zumindest sollte es das sein, man müsste ja jede nur
denkbare Möglichkeit in Betracht ziehen, bis man auf eine kommt, die

zu allen Abweichungen passt. Er trifft hieraus auch voraussagen zu aufkommenden Schwankungen in bekannten Umlaufbahnen. In dem Moment wo diese Eintreffen ist Schmittbaurs These bestätigt", erklärte Scharwenka.

„Dann hat Schmittbaur einen neuen Planeten in unserem Sonnensystem entdeckt?"

„Der Planet ist nicht wirklich in unserem Sonnensystem, sondern er durchquert es alle 42.087 Jahre. Schmittbaur schreibt noch in den Anmerkungen, er habe sich antiker Texte über Astronomie bedient, welche diesen Planeten bereits erkannt haben sollen. Die Sumerer hätten diesen Planeten als ‚Nibiru' bezeichnet. Schmittbaur übernimmt diesen Namen für seinen neuentdeckten Planeten."

„Steht da auch, wann Nibiru das nächste Mal unser Sonnensystem durchqueren wird?"

„Das wäre so ziemlich genau jetzt", sagte Scharwenka, „während einiger Zeit ist Nibiru vergleichsweise nah, bloss wird er durchgehend von anderen Planeten verdeckt. Es ist unmöglich ihn zu beobachten, bevor er wieder in weiter Ferne ist."

Ich bedankte mich bei Scharwenka, woraufhin er beteuerte, mir danken zu müssen, dass ich Schmittbaur in seinen Augen völlig rehabilitiert hatte. Ich lief hastig zu Spaulding in der Bibliothek, um ihm das Erfahrene mitzuteilen, jedoch kam ich nicht einmal zu Wort, als er mich selber mit seinen eigenen Erkenntnissen überrumpelte.

„Es ist ein wahrlich seltsames Buch, vieles klingt nur nach religiösen Mythen, doch immer wieder ist die Rede vom Treffen der Götter mit den Menschen, und von ihrer Kommunikation miteinander. Das Wort Nibiru kommt erneut mit grosser Häufigkeit vor, doch finde ich nicht einen endgültigen Sinn in diesem. Es wird sogar ein seltsames Ritual beschrieben, welches irgendwie diesen Nibiru beschwören soll."

Ich erklärte ihm daraufhin, was ich über Schmittbaurs Forschungen zu einem mutmasslichen Planeten Nibiru erklärt bekommen hatte. Die bisher so wirren Stränge dieser Nachforschung begannen sich nun nach und nach zu einer einheitlichen Erkenntnis zusammenzufügen.

Die okkultistischen Gruppierungen, die ich bisher zum Beginn des 20. Jahrhunderts zurückverfolgt habe, schienen alle in ebendiese Richtung tendiert zu haben, bloss ohne zu verstehen, was sie tatsächlich taten. Bis zu diesem Zeitpunkt war ich davon ausgegangen, dass Kronauers ‚Botschaft des Enlil' lediglich ein Hirngespinst seines gestörten Geistes gewesen sei, nun erschien dies aber in einem gänzlich anderen Licht. Aus dem, was ich anfangs nur als Phänomene von Massenwahnsinn und verzweifelter Suche nach dem Transzendentalen verstanden hatte, tat sich nun die Vorstellung einer viel weitreichenderen Wahrheit auf, welche das Gefüge der Realität in Frage stellte.

Ich fragte Spaulding, wie dieses Ritual zur Beschwörung des Nibiru genau beschrieben wurde, worauf er zögerlich begann es mir zu erklären: Man bräuchte eine enorme Energiequelle, und eine Reihe von Resonatoren, Gebilde in Form von einem Dreieck mit einer vertikalen Linie in der Mitte. Ich erinnerte mich sofort an das Ritual, welches der Förster im Wald beschrieben hatte, und die Häufung von genau solchen Gebilden.

„Sie glauben also, dass was dort geschah, dieses Ritual war?", fragte Spaulding verunsichert, „aber was ist mit der Energiequelle?"

„Das ist das letzte Teil dieses Rätsels. Ich hatte zumal schon überlegt, ob dieser scheinbar willkürliche Ort eine Bedeutung hätte, und sie haben mir soeben die Antwort geliefert: Er befindet sich in unmittelbarer Nähe des grössten Teilchenbeschleunigers dieser Welt, der des CERN. Und ich lege die Hand ins Feuer, dass der Ort, wo dieses Ritual stattfand, die überschüssige Energie davon geradezu kanalisiert."

Spaulding schien nicht zu gefallen, was ich erklärte. Diese ganzen Folgerungen waren für ihn nicht leicht zu bewältigen. Als langjähriger Theoretiker war er wohl nicht gänzlich bereit, die plötzlich greifbare Realität von alledem zu bewältigen. Er versuchte sich nichts anmerken zu lassen, doch ich erkannte, wie unangenehm die Konversation für ihn wurde.

„Und nun?", fragte Spaulding.

„Ist es nicht offensichtlich?", sagte ich, „der Geist der Forschung drängt uns doch geradezu danach: Wir werden das Ritual der Beschwörung des Nibiru durchführen."

Spaulding schien von meiner Idee wenig begeistert, doch er traute sich nicht, einen Rückzieher zu machen, denn es traf ihn wohl in seinem Stolz als Mann der Wissenschaft, der sich darauf rühmte, allen Widrigkeiten zum Trotz neues Wissen zu ersuchen.

Wir hielten uns so gut es ging an die Ausführungen über das Ritual, wie sie im *Compendium Cosmologiae Accadium* dargelegt wurden, obgleich diese aufgrund der mystizistischen Sprache nicht immer ganz klar zu verstehen waren. Ebenso wie ich es im Nachrichtenbeitrag gesehen hatte, benötigten wir einen steinernen Zylinder sowie einen kubischen Monolith aus Stein, welcher mit schwarzer Farbe bemalt werden musste. Diese zwei Elemente würden demnach die richtigen Schwingungen erzeugen.

Ebenso mussten wir zahlreiche der durchgestrichenen Dreiecke gestalten, welche dann nach der Position des Nibiru ausgerichtet werden sollten. Scharwenka war mir behilflich, diese Position ausfindig zu machen, und ich notierte die Himmelsrichtung sowie den Winkel, nach welchem diese Gebilde ausgerichtet werden sollten.

Die Zeit für unser Experiment drängte, denn in nur wenigen Tagen sollte der Teilchenbeschleuniger des CERN zum letzten Mal Anwendung finden, bevor er aufgrund einiger Modifizierungen längere Zeit nicht mehr aktiviert würde.

Mit unseren seltsamen Artefakten ausgerüstet suchten wir früh am Morgen des Tages, an welchem der Teilchenbeschleuniger vorgesehen war in Betrieb zu gehen, den Wald auf, in welchem der Förster die vermeintlichen Teufelsbeschwörer beobachtet hatte. Mithilfe des *Compendium* versuchten wir, nach bestem Wissen und Gewissen den Ritualplatz herzurichten.

„Die Dreiecke am besten an den Bäumen befestigen, sie müssen eine gute Verbindung zum Boden haben", sagte Spaulding mit dem Buch in Händen. Ich leistete Folge.

Den schwarzen Monolithen, welcher uns, ebenso wie der steinerne Zylinder, bei einem Steinmetz eine stolze Summe gekostet hatten, brachten wir auf einem kleinen Karren mit beträchtlicher Mühe bis dorthin.

„Wir müssen uns beeilen, nur noch wenige Minuten bis zum Betrieb des Teilchenbeschleunigers", sagte ich nach einem Blick auf die Uhr.

Gerade in dem Moment wurden wir von aufgebrachten Rufen unterbrochen. Es war der alte Förster, der auf uns zu kam.

„Sie schon wieder", rief er verärgert, „ich wusste doch, dass sie nichts Gutes im Schilde führen. Jetzt verunstalten sie schon den Wald, verschwinden sie doch einfach."

„Sie verstehen das nicht, es handelt sich um ein Experiment von grösster Bedeutsamkeit", versuchte ich zu erklären, doch der alte Mann schien wenig beeindruckt.

„Sie sind doch genau wie alle anderen, respektlose Bastarde", rief der Förster abfällig.

„Los schnell, der Zylinder", sagte Spaulding. Es war nur noch eine Frage von Minuten. Den wütenden Schreien des Försters zum Trotz stellten wir den steinernen Zylinder an die geschätzte Position. So stand nun der schwarze Monolith zwischen zwei Bäumen, der steinerne Zylinder etwa einen Meter vor dem Monolith, und die Bäume waren mit den Gebilden durchgestrichener Dreiecke übersät, die allesamt in die angenommene Richtung des Nibiru zeigten. Das ganze Bild war so abstrus, dass dem Förster bald die Worte fehlten, um weiter mit uns zu schimpfen. Er schaute uns nur noch entgeistert an, als wären wir hoffnungslose Irre.

„Sehr gut, jetzt haben sie ihren ganzen Mist hier verteilt, was nun?", spottete der Förster.

Ich warf ihm einen gehässigen Blick zu, dann schaute ich weiter auf unser Konstrukt. Eine Weile standen wir alle in völliger Stille davor. Die Zeit, an welcher der Teilchenbeschleuniger anlaufen sollte, lag bereits einige Minuten zurück. Ich erwog, dass man sich dort nicht allzu genau nach der Uhrzeit richten würde. Doch meine Zweifel wuchsen.

Spaulding schaute mich mit Enttäuschung an, doch ich signalisierte mit der Hand, dass er weiterhin geduldig bleiben sollte.

„Pah, was sind sie doch für Witzfiguren", sagte der Förster und begann sich zu entfernen.

In dem Moment war plötzlich ein elektrisches Knistern zu hören. Vom schwarzen Monolith gingen einige Funken aus, die immer grösser wurden, bis schliesslich ganze Blitze zwischen dem Steinzylinder und dem Monolithen sprangen.

Spaulding und ich nahmen einige Schritte zurück, um uns vor den Funkensprüngen in Acht zu nehmen. Vom Lärm überrascht schaute der Förster aus der Ferne hierher. Beängstigt versteckte er sich hinter einem Baum und schaute von der Ferne auf das seltsame Spektakel.

Die Funkensprünge wurden nach und nach regulärer, sie wandelten sich alsbald zu einer Art elektrischer Schwingung, von welcher ein unangenehm penetranter Summton ausging. Die Funken begannen sich über dem Monolithen zu bilden, erst wahllos, dann nach und nach in Form eines Kreises, welcher über dem Monolithen schwebte. Der Kreis war erst klein, wuchs dann immer weiter an, bis er einen Durchmesser von etwas über einem Meter erreichte.

Das Innere des Kreises begann sich dann zu trüben und schon bald konnte man aufgrund der vielen Blitze nicht mehr hindurchsehen. Doch auch dies wandelte sich bald zu etwas erkennbarem, ein Bild, so schien es. Ich meinte eine Landschaft von schwarzen Türmen über grauen, von Blitzen durchzogenen Wolken und unter einem feurig roten Himmel zu sehen. Was anfangs nur wie eine Luftspiegelung erschien wurde bald klarer und gewann an Tiefe, bis es den Eindruck vermittelte, dass man durch ein Fenster hindurch diese seltsame Welt betrachtete.

Der Funkensprung, welcher diesen Kreis gebildet hatte, war nun ruhig und regelmässig. Von diesem Anblick fasziniert näherte ich mich langsam dem Kreis, um einen besseren Blick zu erlangen. Spaulding hingegen war vor Angst gelähmt. Bald stand ich unmittelbar vor diesem kreisförmigen Ausblick und versuchte zu erkennen, was genau ich dort sah. Es schien mir wie eine völlig andere Welt. Ich langte vorsichtig mit der Hand hinein, doch ich spürte nichts, keinen Stromschlag, keine Gravitation. Ich empfand den Drang, durch dieses Portal hindurchzuschreiten.

„Halt, nein!", rief Spaulding.

„Was ist?", fragte ich.

„Sie wissen nicht, was passieren könnte", sagte Spaulding.

„Mein lieber Spaulding, das ist doch geradezu das Wesen der Wissenschaft. Sind wir nicht hergekommen, um alle Grenzen des Wissens zu überschreiten?"

„Sie werden diese Grenze allein überschreiten müssen", sagte Spaulding bedrückt.

„Nun denn, so sei es", sagte ich, stieg mit einem Fuss auf den Monolithen und schritt durch das Portal hindurch.

6

Ich fand mich in luftiger Höhe auf einer Plattform aus glattem, schwarzen Stein wieder. Um mich herum sah ich zahlreiche schwarze Türme und nahm an, selber auf der Spitze von einem solchen zu sein. Ich schaute nach unten, eine Tiefe von wohl vielen hundert oder gar tausend Metern, wo ich nur graue Wolken erkennen konnte, welche immerzu von Blitzen erhellt wurden, deren Donner ich fern noch wahrnehmen konnte. Ein warmer, trockener Wind wehte hier oben.

Die Türme in der Umgebung waren von unterschiedlicher Grösse, einige scheinbar wenig mehr als dünne Säulen, andere von beträchtlichem Durchmesser. In weiter Ferne konnte ich einen Turm erkennen, der alle anderen überragte, er schien auf den ersten Blick wie ein Berg, so enorm war er, doch je mehr ich ihn betrachtete, desto genauer erkannte ich regelmässige Formen sowie Öffnungen, die nach Fenstern aussahen.

Ab und zu sah ich seltsame Lebewesen vorbeischweben, die nicht gänzlich physisch zu sein schienen, sondern aus einer transparenten Substanz bestanden, als wären sie aus greifbarem Licht gemacht. Diese Wesen hatte unterschiedliche Formen, einige wenig mehr als kugelförmig, andere mit langen Tentakeln, wieder andere erinnerten mich an Vögel oder übergrosse Insekten. Ich erinnerte mich an ein solches Wesen, welches ich damals von der Hütte des Försters aus gesehen hatte.

Ich sah mich auf dieser Plattform um, doch hier gab es nichts. Der Boden hatte einige geometrisch anmutende Einkerbungen im Stein, die mit grosser Perfektion angefertigt waren. Ich bemerkte keinerlei Fugen oder sonstige Hinweise darauf, wie diese Plattform zusammengesetzt war.

Als ich mich umdrehte, sah ich plötzlich einige dieser halbtransparenten Wesen, diesmal in vage humanoider Form, wie sie hinter der

Plattform, auf der ich mich befand, aufstiegen. Sie befanden sich auf einem kleinen Gefährt, welches die Form einer flachen Schüssel hatte und aus demselben Material wie dieser Turm zu sein schien. Dieses Gefährt hielt lautlos schwebend auf der Höhe dieser Turmspitze ein. Dann öffnete sich eine Lücke in der Seite und die humanoiden Wesen, drei an der Zahl wie ich nun erkannte, und allesamt um die drei Meter gross, ohne erkennbares Gesicht, traten hervor.

Die Wesen sprachen nicht, oder zumindest nicht auf eine Art, die ich wahrnehmen konnte, doch mit sanften Bewegungen wiesen sie mich an, in das Gefährt zu steigen. Ich wusste nicht, was ich von alledem erwarten sollte, doch auf dieser Turmspitze zu verweilen schien auch keine anmutende Vorstellung.

Ich trat in das seltsame Gefährt, gefolgt von den drei Kreaturen. Dann schloss sich die Seitenwand, und das Vehikel setzte sich sanft in Bewegung. Soweit ich sehen konnte, gab es hier nichts ausser den schwarzen Türmen, die aus den Wolken herausragten, und den seltsamen transparenten Wesen.

Wir schwebten in Richtung des grössten der Türme welcher, je mehr wir uns näherten, noch enormer und überwältigender war, als ich es bis dahin geahnt hatte. Das fliegende Gefährt landete auf einer grossen Terrasse des Turmes, und die Tür öffnete sich wieder. Die Kreaturen wiesen mich sanft nach draussen in Richtung einer Tür.

Dieser Turm war aus dem gleichen Material geformt, wie der, auf dem ich angekommen war, und auch dieser war von Einkerbungen übersehen. Die Tür öffnete sich von selber seitwärts als ich mich näherte, dahinter führte eine Treppe abwärts. Es gab kein künstliches Licht, bloss die Fenster liessen das rötliche Licht von draussen hineinströmen.

Ich schaute hinter mich und sah eines dieser Wesen auf mich zu kommen. Es stellte sich vor mich und machte Gesten, die ich sogleich verstand zu bedeuten, dass ich folgen sollte. Mit gleitenden Schritten lief diese Kreatur vor mir her, erst die Treppe hinunter, dann durch einen langen Gang. Wir durchquerten eine grosse Halle, in welcher zahlreiche anderer dieser Wesen versammelt waren, sie sassen um Monolithen aus schwarzem Stein und bewegten sich kaum. Meine Anwesenheit schien sie nicht zu interessieren.

Ich wurde in einen weiteren Gang geführt, bis die Kreatur, die vor mir lief, bei einer Tür einhielt und auf diese deutete. Als ich mich vor die Tür stellte, öffnete sich diese seitwärts, ohne irgendein Geräusch von sich zu geben.

In diesem Raum, in welchem ich erstmals eine Art von Inneneinrichtung sah, befand sich ein Mensch, welcher eine weisse Robe trug. Als ich eintrat, drehte er sich zu mir. Er war ein Mann mittleren Alters mit einer Miene, die vollkommenen Gleichmut ausstrahlte.

„Da sind sie ja", sagte er.

„Wer sind sie? Wo bin ich hier?", fragte ich.

„Mein Name ist Athanasius Herschel, und wir befinden uns hier auf dem Planeten Nibiru", antwortete er, „ich hatte sie bereits erwartet."

„Mich erwartet?", fragte ich ungläubig.

„Ich bekam sofort mit, dass sie auf demselben Weg wie ich hierhergekommen waren. Deshalb haben sie die Sukkal zu mir gebracht."

„Die Sukkal?"

„Die Wesen, die sie angetroffen haben. Sie sehen sie nur als geisterhafte Erscheinung, denn sie existieren in einer anderen Ebene der Realität, daher können wir auch nur begrenzt mit ihnen interagieren. Nur durch die spektrale Projektion kann ein Mensch mit ihnen kommunizieren, aber dies ist eine Kapazität, die lange Jahre der Vorbereitung braucht. Ich habe diese Fähigkeit in der Zeit, in welcher ich hier bin, erlernen können."

„Haben sie denn nicht erst vor ein paar Wochen die Beschwörung des Nibiru durchgeführt?", fragte ich.

„Das ist in ihrer irdischen Zeit gut möglich, doch hier auf Nibiru gelten gänzlich andere Gesetze von Raum und Zeit", erklärte Herschel, „sie können diesen Ort nicht aus rein wissenschaftlicher oder materialistischer Sicht verstehen. Nibiru ist der Übergang zwischen den verschiedenen Ebenen und Dimensionen der Realität. Ich habe inzwischen menschliche Jahrzehnte hier verbracht, in völliger Einsamkeit und in der Askese dieses schwarzen Turms. Als Mensch der Wissenschaft ist dies der falsche Ort für sie. Hier gibt es nichts, was sie jemals begreifen könnten, denn nichts von hier kann nach ihren rationalen Kriterien begriffen werden. Es folgt keinen Naturgesetzen, keiner Logik. Dieser Ort würde sie in Kürze in den Wahnsinn treiben."

Ich fühlte mich von den Worten Herschels etwas gekränkt, doch zugleich sah ich bald ein, dass das Verbringen von Jahrzehnten in der Einsamkeit dieser Kammer tatsächlich eine grauenvolle Vorstellung für mich war.

„Was hat sie dazu gebracht, diesen Ort aufzusuchen?", fragte ich.

„Sie sind ein Mann der Wissenschaft, ich hingegen bin ein Mann der Mystik. Meine Suche war nach der transzendentalen Wahrheit, welche sich der Logik und Vernunft von Wissenschaft völlig entzieht. Eine Wahrheit, die weit über die Wissenschaft hinausgeht, dieser nicht einmal widerspricht, sondern den Rahmen bildet, innerhalb von welchem so etwas wie Wissenschaft überhaupt erst existieren kann. Mein Begehren war es, über die Grenzen der Realität hinauszutreten, um zu begreifen, was sich jenseits davon befindet, was ausserhalb des Gefüges der Realität zu finden ist.

Die Spur des Kronauer und des Kultes des Enlil brachten mich auf die Spur dieses Ortes, welcher als Verbindungsstück zwischen den Dimensionen der Existenz den Mittelpunkt allen mystischen Denkens darstellt. Ich bin hier an meinem Ziel angekommen und werde nun über vierzig Jahrtausende hier verweilen, um bei der nächsten Annäherung auf unsere Erde zurückzukehren, um mein Leben in unserer Ebene der Existenz zu vollenden.

Nun aber zu ihnen: Ich habe veranlasst, dass man sie umgehend zurück zu ihrer Welt bringt. Dies muss in Kürze geschehen, solange Nibiru noch nah genug an der Erde ist. Es tut mir leid wegen ihrer überstürzten Abreise, doch es geht nicht anders. Ich will kein vierzigtausendjähriges Leid verantworten, das über sie kommen sollte, wenn sie hier verweilen würden. Bitte glauben sie mir, wenn ich sage, dass es mir nur um ihr Wohlergehen geht. "

Ich war betrübt, dass ich nicht mehr über diesen unwirklichen Ort würde erfahren dürfen, doch die Worte Herschels schienen mir durchaus vernünftig. Die Tür hinter mir öffnete sich, und draussen wartete eines dieser Sukkal-Wesen, wohl um mich wieder zurückzugeleiten.

„Einen Augenblick", sagte Herschel, als ich den Raum beinahe verlassen hatte, „nehmen sie dies bitte mit zurück." Er übergab mir eine kleine metallene Plakette, auf welcher unlesbare Zeichen eingeritzt waren. „Dies ist eine weitere Botschaft des Enlil, sie werden sie nicht begreifen können, aber es ist wichtig, dass sie sie auf der Erde behalten, bis zu dem Punkt, wo sie notwendig wäre. Und nun, leben sie wohl."

Herschel wandte sich von mir ab, während mein Blick auf der metallenen Plakette in meinen Händen verharrte. Dann folgte ich der interdimensionalen Kreatur, welche mich zurück zu ihrem schwebenden Vehikel auf der Terrasse des Turmes führte.

Ich bestieg diese seltsame schwebende Schale, welche sogleich abhob und sich nach unten in die Tiefe begab. Immer schneller flogen wir an diesem immensen Turm vorbei in Richtung der dichten Wolken, bis ich bald nur noch grauen Nebel um mich herum sah.

Ich erwachte schweissgebadet in meinem Bett und fand mich in meinem Schlafzimmer wieder. Ich rieb mir die Augen und versuchte Klarheit zu finden, ob all das tatsächlich passiert war, oder ob ich es womöglich bloss geträumt hatte.

Als ich mich kleidete aber, bemerkte ich etwas Solides in meiner Hosentasche und holte die metallene Plakette hervor, welche mir übergeben worden war. In diesem Moment läutete das Telefon. Am Apparat war Professor Spaulding, der sich enorm freute, meine Stimme zu hören. Er hatte seit drei Tagen versucht mich zu erreichen. An diesem Tag würde er wieder abreisen.

Wir trafen uns in der Universität Thurikon, wo ich ihm die metallene Plakette zeigte. Er schaute diese mit grosser Faszination an und meinte, einige der Symbole darauf erinnerten ihn an die sumerische Keilschrift, doch nichts davon ergebe für ihn tatsächlich einen Sinn. Er bat mich inständig, die Plakette mitnehmen zu dürfen, um sie an der Miskatonic University untersuchen zu lassen. Ich versuchte gar nicht erst ihm meine Erfahrungen auf Nibiru nahezulegen, und willigte stattdessen lediglich ein und verabschiedete mich von meinem werten Kollegen.

Ich war gänzlich in neue Forschungen versunken, als ich einige Wochen später von Professor Spaulding angerufen wurde. Mit grosser Erregung in der Stimme erklärte er mir, dass das Material der Plakette, die ich ihm geliehen hatte, auf jedwede Art analysiert worden war, ohne dass jemand hätte Gewissheit darüber finden können, aus welchem Material sie bestand. Tatsächlich schien es, das Material dürfte gar nicht einmal existieren.

Ich hätte wohl infolge dieser Nachricht aufgebrachter sein sollen, doch ich nahm sie mit grosser Gelassenheit, als hätte ich genau gewusst, dass dies das einzig mögliche Resultat hätte sein können. Spaulding sagte, er würde die Plakette gerne von anderen Laboratorien analysieren lassen, wozu ich mein volles Einverständnis gab. Es war weniger, dass ich wusste, dass die Resultate ebenso uneindeutig sein würden, wie mehr ein völliges Desinteresse daran, für dieses Artefakt eine wissenschaftliche Erklärung zu finden.

Ich hatte begriffen, dass es sich bei dieser Tafel nicht um etwas handelte, was wissenschaftliche Bedeutung hatte, sondern was einzig und allein auf der spirituellen, mystischen Ebene zu begreifen war. All mein Drang dazu, die Realität durch Naturgesetze und Wissenschaft zu begreifen, war wie weggeblasen, ab dem Moment wo ich eingesehen hatte, dass all dies bloss eine unbedeutende metaphysische Erscheinung war. Zugleich aber sah ich nun ein, dass die tieferliegenden Geheimnisse über diese Metaphysik mir nun auf immer verborgen bleiben würden. Und es waren genau diese Erkenntnisse, welchen sich Athanasius Herschel hatte hingeben wollen.

Ich begriff, wie unbedeutend all das, dem ich mein Leben gewidmet hatte war, und dass die einzige Wahrheit auf dem Planeten Nibiru für die nächsten vier Jahrtausende in ungeahnte Ferne gerückt war. Ich bereute, dass ich nicht die geistige Kapazität gefunden hatte, mich ebendieser metaphysischen Wahrheit hinzugeben, wie es Herschel geschafft hatte, und dass ich stattdessen die Gelegenheit, aus den Grenzen der metaphysischen Realität auszubrechen, für immer verpasst

186

hatte. Nichts von dem, was auf dieser Welt nun vor sich ging, würde jemals mehr irgendeine Bedeutung für mich haben.

Lesen sie auch von A. M. Berger:

Aus dem Archiv der Universität Thurikon: 2. Band
Von Aberranten Kreaturen und unaussprechlichen Kulten

Aus dem Archiv der Universität Thurikon
Vier Geschichten im Stil der Weird Fiction

Mendacia - Die Verschwörung
Abenteuerroman

Epistemologie der Postmoderne: Eine kritische Auseinandersetzung mit dem Zeitgeist der neuen Epoche
Philosophisches Sachbuch

188